UNA
A

Barbara Cartland

Título original: A Love runs in

Barbara Cartland Ebooks Ltd
Esta edición © 2013

Derechos Reservados Cartland Promotions

Este libro se vende bajo la condición de no ser distribuido, prestado, revendido, alquilado o de alguna otra forma puesto en circulación, sin el consentimiento previo del editor.

Ninguna parte de esta publicación puede ser reproducido o trasmitido de ninguna forma o medio, electrónico o mecánico, incluyendo fotocopiado, grabación o cualquier tipo de almacenamiento informativo, sin el consentimiento previo y por escrito del editor.

Los personajes y situaciones de este libro son imaginarios y no tienen ninguna relación con personas reales o situaciones que suceden actualmente.

Diseño de libro por M-Y Books

m-ybooks.co.uk

La Colección Eterna de Barbara Cartland.

La Colección Eterna de Barbara Cartland es la única oportunidad de coleccionar todas las quinientas hermosas novelas románticas escritas por la más connotada y siempre recordada escritora romántica.

Denominada la Colección Eterna debido a las inspirantes historias de amor, tal y como el amor nos inspira en todos los tiempos. Los libros serán publicados en internet ofreciendo cuatro títulos mensuales hasta que todas las quinientas novelas estén disponibles.

La Colección Eterna, mostrando un romance puro y clásico tal y como es el amor en todo el mundo y en todas las épocas.

LA FINADA DAMA BARBARA CARTLAND

Barbara Cartland, quien nos dejó en Mayo del 2000 a la grandiosa edad de noventaiocho años, permanece como una de las novelistas románticas más famosa. Con ventas mundiales de más de un billón de libros, sus sobresalientes 723 títulos han sido publicados en treintaiseis idiomas, disponibles así para todos los lectores que disfrutan del romance en el mundo.

Escribió su primer libro "El Rompecabeza" a la edad de 21 años, convirtiéndose desde su inicio en un éxito de librería. Basada en este éxito inicial, empezó a escribir continuamente a lo largo de toda su vida, logrando éxitos de librería durante 76 sorprendentes años. Además de la legión de seguidores de sus libros en el Reino Unido y en Europa, sus libros han sido inmensamente populares en los Estados Unidos de Norte América. En 1976, Barbara Cartland alcanzó el logro nunca antes alcanzado de mantener dos de sus títulos como números 1 y 2 en la prestigiosa lista de Exitos de Librería de B. Dalton

A pesar de ser frecuentemente conocida como la "Reina del Romance", Barbara Cartland también escribió varias biografías históricas, seis autobiografías y numerosas obras de teatro así como libros sobre la vida, el amor, la salud y la gastronomía. Llegó a ser conocida como una de las más populares personalidades de las comunicaciones y vestida con el color rosa como su sello de identificación, Barbara habló en radio y en televisión sobre temas sociales y políticos al igual que en muchas presentaciones personales.

En 1991, se le concedió el honor de Dama de la Orden del Imperio Británico por su contribución a la literatura y por su trabajo en causas a favor de la humanidad y de los más necesitados.

Conocida por su belleza, estilo y vitalidad, Barbara Cartland se convirtió en una leyenda durante su vida. Mejor recordada por sus maravillosas novelas románticas y amada por millones de lectores a través el mundo, sus libros permanecen atesorando a sus héroes valientes, a sus valerosas heroínas y a los valores tradiciones. Pero por sobre todo, es la , primordial creencia de Barbara Cartland en el valor positivo del amor para ayudar, curar y mejorar la calidad de vida de todos que la convierte en un ser verdaderamente único.

Capítulo 1
1813

NOVELLA llevó al trote su caballo hacia el interior de la caballeriza y desmontó.

No había nadie por allí y pensó que el palafrenero estaría probablemente trabajando en el jardín.

Como, debido a la Guerra había poco personal de servicio, los que quedaban no desempeñaban sólo su labor habitual, sino al menos otra más.

Metió el caballo en su cuadra y le quitó la silla. La colgó en el pasillo y regresó a quitarle la brida. Después se aseguró de que tuviera comida y agua fresca.

—¡Has sido un muchacho excelente!— le dijo—. Si tengo tiempo, saldremos de nuevo esta tarde.

Le dio unas palmadas cariñosas, segura de que *Heron* entendía todo lo que le decía. El animal se frotó contra ella, en señal de agradecimiento.

Al volver hacia la casa andando, pensó que hacía un día muy bonito y que resultaba una lástima tener tantas cosas que hacer en el interior.

Su madre estaba enferma. Aunque Nanny, a pesar de su avanzada edad le proporcionaba una gran ayuda, todavía le quedaban a ella docenas de cosas que hacer. Lady Wentmore no podía salir de su habitación.

Al mirar hacia su casa sintió que la recorría un estremecimiento de emoción. Nada, pensó, podía ser más hermoso. Los ladrillos, que se habían vuelto de color rosa con el paso de los años, los tejados con buhardillas y las pintorescas chimeneas, eran característicos de la época Isabelina.

La casa pertenecía a la familia Wentmore desde hacía generaciones. Su padre, que estaba combatiendo en la Península con Wellington, debía añorar, día tras día, volver a verla. Estaba segura.

«Si terminara esta horrible Guerra» se dijo Novella, «podríamos volver a estar todos juntos y tan felices como antes».

Sintió una oleada de miedo al pensar que su padre podía morir. Se habían dado tantos casos de muertos de Guerra en la aldea. Sabía que la enfermedad de su madre se debía, en parte, al pánico de pensar que quizá no volviera a ver a su esposo.

Novella llegó al centro del antiguo vestíbulo, donde había una enorme chimenea medieval y muros ornamentados. De pronto, oyó detrás de ella un sonido inquietante. Se volvió, sorprendida.

Lo que sonaba eran las pisadas de alguien que iba corriendo. Estaban cruzando a toda velocidad el patio de grava.

Antes de que pudiera preguntarse qué estaría sucediendo, un hombre que subió a saltos la escalinata, entró en el vestíbulo.

Lo miró, asombrada. No era ninguno de sus vecinos, sino un desconocido. Un joven apuesto y, sin duda, un caballero. Sin embargo, en aquel momento parecía muy alterado.

Cuando la vio, se detuvo y dijo:

—¡Por amor de Dios, escóndame! ¡Si me agarran, me matarán!

Novella ahogó una exclamación de asombro. Entonces vio que tenía el brazo ensangrentado y casi hasta la mano.

—¡Me han disparado y me han herido el brazo, pero la próxima vez tirarán a matar!— dijo él.

Miró por encima del hombre, con temor. Novella comprendió que los tiradores de quienes huía no debían estar lejos. Con la rapidez de decisión que era característica de ella, dijo:

—¡Venga conmigo!

Cruzó el vestíbulo y se dirigió hacia un largo pasillo que conducía a la biblioteca. Al llegar abrió la puerta. El desconocido la seguía. Todavía respiraba tan agitado, como al entrar a la casa.

La biblioteca era una habitación amplia y agradable que tenía las paredes cubiertas de libros. A media altura corría una galería a la que se subía por una escalera de caracol.

También había una enorme chimenea medieval, a la que más tarde se le había añadido una repisa de mármol. A Novella le pareció oír un ruido en el vestíbulo. Corrió nerviosa hacia un lado de la repisa y apretó una de las flores que estaban labradas en el panel de madera. Una estrecha puerta se abrió.

—¡Un pasadizo secreto!— exclamó a sus espaldas el desconocido—. Justo lo que necesito! ¡Gracias, muchas gracias, por salvarme la vida!

Mientras hablaba, inclinó la cabeza y entró en la oscuridad que reinaba en el interior.

—Diríjase hacia la izquierda— susurró Novella—, y llegará a una habitación.

Cerró el panel.

Se alejó de la chimenea, y anduvo hacia el extremo opuesto de la habitación. Mientras lo hacía, se dio cuenta de que alguien avanzaba por el pasillo. Al minuto siguiente, se abrió la puerta.

Reconoció al hombre que entró. Era Lord Grimston, cuyo Castillo estaba a unos dos kilómetros de allí, junto al mar.

Novella lo había visto en las cacerías y en las *Fiestas del Jardín* del Representante de la Corona a las que había asistido con su madre.

No recordaba que jamás hubiera ido a su casa y sabía que era porque a su padre no le agradaba. Además, siempre había oído decir que a Lord Grimston no le gustaba relacionarse con sus vecinos.

Por todo ello consideró una grave impertinencia el que se atreviera a entrar en su casa sin ser recibido y anunciado por un sirviente.

Era un hombre de más de cuarenta años que en su juventud había sido muy apuesto. Pero tenía el rostro marcado por su vida licenciosa, las líneas gruesas bajo los ojos y las oscuras arrugas desde la nariz hasta la barbilla, denotaban su estilo de vida.

—¿Dónde está?— preguntó con tono autoritario.

Novella lo miró fingiendo sorpresa.

—Me parece, señor— dijo con lentitud—, que es usted Lord Grimston. He oído a mi padre hablar de usted, pero no nos han presentado.

—¿Donde está el hombre que acaba de entrar en la casa?

—¿Hombre?— repitió Novella—. No sé a qué se refiere, a menos que hable de Dawkins, nuestro Sirviente.

—No hablo de sirvientes— respondió enfurecido Lord Grimston—, sino del hombre que ha logrado escapar de esos tontos que intentaban capturarlo. ¡Sé que se encuentra en alguna parte de esta casa!

—Me temo que se equivoca, señor. Como mi madre está enferma y mi padre combate con Lord Wellington, por el momento no recibimos visitas.

—¡No soy un maldito visitante!— gritó Lord Grimston.

Al ver por su expresión que había escandalizado a Novella, añadió con rapidez:

—Discúlpeme, no he debido lanzar un juramento delante de una dama. Pero estoy enfurecido por haber perdido a ese hombre.

—No puedo imaginar de qué habla, señor— dijo Novella—, pero le aseguro, aunque ignoro a quién busca, que no está aquí.

—¡Estoy seguro de que está!— respondió Lord Grimston—. ¡E insisto en que mis hombres lo busquen!

Novella adoptó una postura muy erguida.

—Ésta es mi casa y, como ya le he dicho a Su Señoría, mi madre está enferma. No creo que usted se comportaría de esta manera tan agresiva, si estuviera aquí mi padre.

—El General, sin duda, no me impediría la búsqueda de ese tipo— discutió Lord Grimston.

—Mi padre habría preguntado la razón de que persiga al hombre en cuestión y también le haría ver con claridad que no está en esta casa.

Como estaba mintiendo, cosa que jamás hacía, Novella cruzó los dedos. A la vez, se decía que no podía ni debía entregar al hombre que había ocultado, a alguien tan despreciable y desagradable como Lord Grimston.

—Diga lo que diga— dijo él—, ¡tengo toda la intención de encontrar a ese hombre y arrestarlo!

—Entonces será mejor que busque en otro lugar. No puedo permitir que sus hombres perturben a mi madre revisando toda la casa. Sería inconcebible que lo hicieran sin mi permiso.

Lord Grimston se dio cuenta de que era verdad. Permaneció unos minutos indeciso, aunque evidentemente lo hacía con el propósito de encontrar a su presa. Entonces, de forma inesperada y con voz muy diferente miró a Novella y dijo:

—Ha crecido desde la última vez que la vi y se ha convertido en una jovencita muy hermosa.

La miró de arriba a abajo, de un modo insultante. Levantando un poco más la barbilla, ella respondió:

—Si no me equivoco, señor, estoy oyendo a sus hombres entrar en el vestíbulo. Sea tan amable de decirles que permanezcan afuera hasta que terminemos nuestra conversación.

Lo dijo con tal dignidad que parecía mayor de lo que era. Cruzó por delante de Lord Grimston y avanzó por el pasillo. Lo hizo sin prisas y sin mirar atrás para comprobar si él la seguía. Él miró a su alrededor por la biblioteca, lanzó un juramento entre dientes y salió de la habitación. Cuando Novella llegó al vestíbulo, ya estaba casi a su lado.

Tres hombres buscaban tras la escalera, una cómoda y en un gran reloj de caja. En el mismo tono que había usado con Lord Grimston, dijo:

—No han sido invitados a esta casa, a si que por favor, esperen fuera hasta que tengan permiso para entrar.

Los hombres le parecieron más bien rudos y no se parecían en nada a los habitantes de la localidad. La miraron sorprendidos. De pronto, un tanto avergonzados, empezaron a andar hacia la puerta.

Entonces apareció Lord Grimston. Se detuvieron y lo miraron, como en espera de sus órdenes.

—Hagan lo que dice la señorita!— ordenó—. Los llamaré cuando los necesite.

Ellos se tocaron las gorras, que no se habían quitado y bajaron la escalinata hacia el Patio.

Lord Grimston se detuvo frente a la chimenea.

—Mire, muchacha— dijo—, no debe interponerse en el camino de la justicia. Insisto en llevarme conmigo al hombre que sé que está en algún lugar de esta casa.

Si habla de justicia, señor mío— respondió Novella—, supongo que será algo que habrá que discutir con el alguacil del Condado, a quien mi padre conoce bien. Si usted envía a buscarle y le dice cuál es el problema, por supuesto que cooperaré en todo lo que él me pida.

Novella vio, por la expresión que apareció en el rostro de Lord Grimston, que lo último que deseaba era que el alguacil interviniera en lo que estaba haciendo. Había sacado una carta de triunfo ante la cual él no tenía respuesta. Sin embargo, como si no aceptara ser derrotado por una muchacha, insistió:

—¡No hay necesidad de armar tanto lío! Yo ya había arrestado a ese hombre, pero se me ha escapado. Todo lo que deseo es revisar la casa y llevármelo a donde no cause más problemas.

—Eso es algo que, hasta donde yo sé— dijo Novella—, ese desconocido no ha hecho. En cambio, el comportamiento de Su Señoría me parece muy extraño, se comporta de un modo que nunca había presenciado hasta ahora.

Durante un momento Lord Grimston pareció ligeramente avergonzado. Entonces dijo:

—Es usted muy lista para salirse con la suya, pero estoy decidido a no irme con las manos vacías.

—Muy bien, si insiste, sus hombres pueden revisar la casa, siempre y cuando no molesten a mi madre.

Hizo una pausa antes de añadir:

—Pero creo que mi padre tendrá algo que decir del comportamiento de Su Señoría. Y no dude de que se lo informaré en cuanto regrese a casa, después de combatir por su país contra Napoleón Bonaparte.

Al decirlo, avanzó y abrió la puerta que conducía al salón. El corazón le latía frenético mientras se dirigía hacia la ventana que daba al jardín de las rosas. Sin embargo, pensó que se había comportado como su padre habría esperado que lo hiciera.

Mientras tanto, Lord Grimston se dirigió hacia la puerta principal. Sus hombres esperaban al pie de la escalinata.

Su faetón estaba detrás de ellos, y también había una carreta en la que pretendían llevarse a su prisionero. Desde lo alto de la escalinata, Lord Grimston dijo a sus hombres con voz gruesa:

—¿Están seguros de que el hombre al que buscamos ha entrado aquí?

Uno de ellos, que parecía más inteligente que los otros dos, dijo:

—Creo que sí, Señor, pero tal vez diera la vuelta por detrás de la casa. Como sabe, señor, nos llevaba mucha ventaja.

Lord Grimston frunció el ceño.

—¡Debí suponer que organizarían un lío con esto! Bien, busquen en el jardín, tontos, Si no está en la casa, debe haberse ocultado por ahí.

Los hombres se apresuraron a obedecerlo. Corrieron a los lados de la casa, buscando entre los setos y árboles.

Novella los observaba desde la ventana del salón.

La invadió una sensación de triunfo por haber sido más lista que Lord Grimston. Por otra parte, no podía evitar preguntarse qué habría hecho el desconocido para que se lo quisiera llevar prisionero.

—¿Se había equivocado y sería, en realidad, un peligroso criminal?

Había acudido a ella en busca de refugio. Y ella había decidido no entregarlo a alguien tan desagradable como Lord Grimston.

"Tal vez cuando se vaya mande yo a alguien a buscar al Alguacil», pensó.

Era esencial, lo primero, asegurarse de que Lord Grimston se fuera de verdad. No debía estar espiándola cuando soltara al hombre que tenía oculto en el pasadizo secreto.

Desde que era pequeña, a Novella le encantaban aquellos pasadizos secretos que su padre le había enseñado. Le había contado relatos acerca de quiénes se habían ocultado allí.

Allí se habían salvado los católicos perseguidos por los seguidores de la Reina Isabel, cuando sus ancestros construyeron la casa. Durante la Guerra Civil, la casa había sido registrada una y otra vez por las Tropas de Cromwell que buscaban a los Realistas.

A Novella le gustaba inventarse historias en las que se ocultaba de gigantes o duendes que la perseguían. Sin embargo, jamás había supuesto que en la vida real ocultaría a un hombre en peligro de perder su vida.

«En cuanto Lord Grimston se vaya, debo hablar con el desconocido», pensó, «y también vendarle el brazo».

Estaba segura de que debía ser una herida muy dolorosa.

Observó a los hombres que con rudeza se metían entre las ramas de los arbustos. Serían igual de violentos, pensó ella, con el hombre que se les había escapado, si lo encontraban.

Al terminar de revisar el jardín, vio que se paraban a hablar entre ellos. Entonces se encogieron de hombros al comprender que habían perdido a su presa y que ya no podían hacer nada más.

De pronto oyó que Lord Grimston decía detrás de ella:

—Esos idiotas han perdido a ese hombre por el momento, pero puede estar segura de que lo capturaré, tarde o temprano.

Novella se volvió.

—Sólo espero, Señor, que no sea en la propiedad de mi padre. Si regresa usted aquí, tal vez sea tan amable de avisarme. O al menos, de llamar a la puerta si llega de forma inesperada.

Cuando terminó de decir aquello, se dio cuenta de que Lord Grimston estaba asombrado de que ella se atreviera a hablarle de aquella forma.

Entonces, de forma repentina, se rió:

—¡Al menos tiene agallas, muchachita! Supongo que como es tan bonita se creerá que siempre puede salirse con la suya.

De nuevo la estaba mirando detenidamente y mientras le recorrían el cuerpo con los ojos, Novella tuvo la idea de que la estaba deseando en su imaginación. Le hizo una ligera reverencia mientras decía:

—Sea tan amable, señor, de decirle a su conductor que cierre los portones cuando salgan. El portero está en el Ejército y su esposa sufre de reumatismo.

De nuevo, Lord Grimston se rió.

—Debemos volver a vernos, señorita Wentmore— dijo—, en mejores circunstancias. ¿Aceptaría cenar conmigo alguna noche? Enviaré mi carruaje a recogerla.

—Gracias, señor, pero mientras mi madre esté enferma me resulta imposible dejarla.

Lord Grimston hizo una mueca.

—No soy hombre que acepte un no por respuesta. Le concederé a mi prisionero, ya que no hemos podido encontrarlo, pero le juro que la veré de nuevo y muy pronto.

Echó a andar hacia la puerta.

Miró hacia atrás, como si esperara que Novella lo siguiera. De nuevo ella le hizo una reverencia que más bien parecía un insulto. Respirando con fuerza, Lord Grimston cruzó el vestíbulo y bajó la escalinata.

Novella no se movió hasta que oyó que el faetón se alejaba, seguido por la carreta. Sólo cuando ya no podía oírlos se dirigió a la puerta principal.

Pudo ver la carretera y a lo lejos por la vereda. El faetón ya había cruzado el portón y avanzaba por el camino que llevaba hacia la aldea.

Se preguntó si Lord Grimston habría dejado a alguno de sus hombres espiando la casa. Buscó entre los arbustos que rodeaban el patio. No parecía haber nadie oculto en ellos. De todos modos cerró la puerta y volvió a mirar hacia afuera antes de dirigirse a la biblioteca.

Para no correr riesgos, se acercó primero a las ventanas para asegurarse de que nadie estuviera al acecho desde el jardín.

Tuvo el impulso de cerrar las cortinas, pero pensó que sería un error. Sin duda despertaría las sospechas de cualquiera que estuviera afuera. Miró por las tres ventanas, cuidadosamente. Las aves jugueteaban tranquilas entre los setos de flores. Novella pensó que si hubiera algún desconocido allí oculto habrían volado alarmadas. Finalmente, después de dejar pasar un tiempo razonable desde que Lord Grimston se fuera, se dirigió hacia los paneles.

Abrió la puerta secreta, pero no había nadie cerca de la entrada. Como todavía estaba nerviosa, volvió a salir a la biblioteca. Cogió la llave que estaba puesta en la puerta por fuera, la cerró y echó la llave por dentro.

Entonces metió la cabeza en la entrada del pasadizo secreto.

—¿Está usted ahí?— llamó con voz suave.

No hubo respuesta.

Supuso que el desconocido, como ella le había sugerido habría entrado en la habitación donde los católicos decían Misa en secreto. Estaba un poco alejada de la entrada.

Sabía que el pasadizo era oscuro, aun cuando había algunos lugares por donde se filtraban el aire y algo de luz. Encendió una vela y entró al pasadizo. Cerró la puerta secreta tras ella. Caminó con lentitud, con la vela en la mano. No deseaba que se la apagara una ráfaga de aire inesperado.

Aquello ya le había sucedido una vez con su padre. Habían tenido que encontrar el camino de vuelta en la oscuridad, y lo habían conseguido con cierta dificultad.

Llegó a la habitación.

Era pequeña, pero lo bastante grande para contener un altar con un crucifijo dorado y un reclinatorio. También había algunos cojines para arrodillarse, ya muy gastados. Durante un momento, Novella pensó que no había nadie allí. Levantó la vela y vio que el hombre se había desplomado en el suelo.

Tenía la cabeza apoyada en el reclinatorio. Tenía los ojos cerrados y durante un momento de terror, ella pensó que estaba muerto. Al mirarlo detenidamente, se dio cuenta de que sólo se había dormido. La herida del brazo le sangraba mucho y tenía manchada la manga de la chaqueta.

Lo miró durante unos segundos y como si lo hubiera llamado sin hablar, él abrió los ojos.

Novella lanzó un suspiro de alivio al oírle decir:

—Discúlpeme, pero llevo dos noches sin dormir y me ha vencido el sueño sin que me diera cuenta.

—Lord Grimston y sus hombres se han ido— dijo Novella—, pero se ha mostrado muy desagradable y muy decidido a encontrarlo.

—Eso suponía que haría— respondió el desconocido—, y ahora, ¿cómo puedo agradecerle que me haya dado refugio y que me haya salvado la vida?

—¿Realmente... lo habrían... matado?— preguntó Novella en voz baja.

—¡Sin duda!— respondió el desconocido—, como ve, ya me habían herido.

Miró la sangre que le teñía la mano.

—Voy a curarle y creo que ahora puede salir de aquí sin peligro.

El desconocido se puso de pie.

—¿Está segura? Si Su Señoría está decidido a encontrarme, sin duda habrá dejado algún espía por si salgo de mi escondite.

—Ya he pensado en eso— respondió Novella—, y he mirado por las ventanas de la Biblioteca, pero estoy segura de que no hay nadie.

—Entonces me sentiría muy agradecido si pudiera asearme— dijo el desconocido—, y si no es mucha molestia para usted, también me gustaría comer algo.

Novella lo miró preocupada.

—¿Dónde ha estado que no ha podido ni comer ni dormir?

El desconocido titubeó.

—Lo... lo lamento— añadió con rapidez Novella—. No era mi intención... entrometerme y, por supuesto, en estas circunstancias, deseará mantener su secreto.

—Con usted, que ha sido tan increíblemente amable, no— respondió el desconocido.

Con voz más profunda, añadió:

—Conozco pocas personas que hubieran actuado con tanta rapidez cuando le pedí ayuda, sin hacer innumerables preguntas antes de indicarme el escondite perfecto.

Miró a su alrededor y continuó:

—Siempre me ha desilusionado el que mi casa no tenga pasadizos ni una habitación secreta como ésta. Puedo sentir la santidad de quienes oraron aquí hace muchas generaciones.

Novella sonrió.

—Es lo que siempre siento cuando vengo aquí— dijo—. Luchaban por su fe y su sinceridad vivirá mientras la casa permanezca en pie.

—Cuando me dormí— dijo el desconocido—, sentí como si una mano me tocara la frente y me dijeran que estaba a salvo.

—Debe tener mucho, mucho cuidado— lo previno Novella—, Lord Grimston es un hombre horrible. A mi padre nunca le ha gustado e intentará sorprenderlo descuidado.

—Es algo que intento evitar por todos los medios a mi alcance— dijo el desconocido—. pero no deseo mezclarla en este desagradable asunto, cuando ha sido tan bondadosa conmigo.

—Podremos hablar de ello cuando le haya vendado el brazo— dijo Novella—. Volvamos a la biblioteca y si subimos a las habitaciones de arriba, será imposible que Lord Grimston se presente sin que nos demos cuenta de que está en la casa.

—No puedo decirle lo agradecido que estoy— dijo con voz suave el desconocido.

Novella se volvió hacia la puerta, mantenía en alto la vela para que él pudiera ver el camino y la siguiera. Volvió andando muy despacio por el pasadizo secreto.

Mientras, pensaba que aquello era lo más emocionante que le había sucedido en la vida.

Capítulo 2

AL llegar al final, Novella abrió la puerta y entró en la biblioteca. El desconocido la siguió, pero al incorporarse después de cruzar el bajo umbral, trastabilló.

Ella se dio cuenta de que, aun cuando había hablado con calma y sensatez después de despertarse, en realidad estaba exhausto.

Sin decir nada avanzó por el pasillo que conducía al vestíbulo.

Cuando llegó a la escalera, preguntó inquieta:

—¿Cree... que podrá... subirla?

—Por supuesto— respondió él—. Estoy... bien... sólo un poco... cansado.

Ella sabía que no era verdad.

Subió la escalera y notó que la seguía muy despacio y que se ayudaba cogiéndose a la barandilla. Mantenía el brazo herido pegado al cuerpo.

Novella se sintió aliviada al ver que aunque todavía sangraba, la hemorragia había disminuido y ya no goteaba el suelo.

Cuando llegaron al final de la escalera, vio que Nanny salía del dormitorio de su Madre.

Miró sorprendida al desconocido.

—Iba a buscarte, Nanny— dijo Novella—. A este caballero le han disparado en el brazo y está sangrando. También está en extremo cansado y creo que debería acostarse enseguida.

Como era costumbre, Nanny se mostró a la altura de las circunstancias.

—Venga por aquí, señor— dijo.

Abrió la puerta de una habitación cercana a la de Lady Wentmore.

Se reservaba para los visitantes masculinos que su padre solía recibir antes de ir a la Guerra.

La decoración y los muebles eran un tanto varoniles, pero la cama era muy grande y cómoda.

Mientras cruzaba la puerta, el desconocido se tambaleó de nuevo y Nanny dijo, en tono cortante:

—Baje a la carrera, señorita Novella, tráigame una olla de agua caliente y pida al señor Dawkins que suba enseguida.

Novella hizo lo que le decía.

Cuando llegó a la cocina encontró a Dawkins sentado a la mesa y a su esposa ocupada en la cocina.

—Nanny lo necesita arriba, tenemos un visitante herido— dijo Novella.

—Subiré a ver qué puedo hacer— respondió él—. Dígale a Nanny que le subiré el agua caliente en cuanto hierva.

En cuanto él salió de la cocina, la señora Dawkins exclamó:

—¡Me gustaría saber lo que está pasando!

Novella pensó que a ella también.

Pero respondió:

—Creo que ha sufrido un accidente y el caballero, además, está exhausto y hambriento.

—Dentro de un minuto le tendré la sopa lista y con los huevos que acaban de llegar, le haré una tortilla— dijo la mujer.

—Estoy segura de que él se lo agradecerá— dijo Novella y, por favor, señora Dawkins, necesito agua hirviendo para que Nanny le limpie la herida.

La cocinera puso una olla con agua en el centro de la cocina, para que se calentara más deprisa.

En cuanto empezó a hervir se la entregó a Novella.

—Dígale a Nanny, señorita Novella, que subiré la sopa en un periquete, ¡y no exagero!

Novella sonrió.

Estaba acostumbrada a la graciosa manera de hablar de la señora Dawkins.

Cuando llegó al dormitorio vio que Nanny y Dawkins ya habían metido al desconocido en la cama.

Su brazo herido reposaba sobre un montón de toallas.

Novella al verlo con más tranquilidad se dio cuenta de que era muy apuesto y, sin duda, de buena cuna.

Le parecía extraño atender a un hombre de quien ni siquiera sabía el nombre.

Sin embargo, no había tiempo para especulaciones. Nanny la envió a buscar vendajes y cremas curativas. La misma Nanny las elaboraba a base de flores y hierbas del jardín. Había curado con ellas a Novella desde que era niña.

Le llevó poco tiempo encontrar todo lo que Nanny le había pedido.

Cuando regresó al dormitorio, el desconocido ya se había tomado la sopa y se estaba comiendo la tortilla de huevos frescos.

Sin embargo, tenía los ojos casi cerrados.

En cuanto Nanny terminó de vendarle el brazo, terminó de cerrar los ojos y se quedó como si no se diera cuenta de que todavía estaban allí.

Nanny echó las cortinas y le dijo, como si hablara con un niño:

—Ahora duerma, señor y se sentirá mejor al despertar. El desconocido no respondió y Nanny sacó a Novella de la habitación.

En cuanto cerró la puerta tras ella, dijo:

—El caballero tendrá fiebre muy alta antes de que termine el día.

—¿Temperatura, debido a la herida?— exclamó Novella.

—La bala no ha tocado el hueso— explicó Nanny—, pero ha perdido mucha sangre y, a menos que esté equivocada, ha empezado a subirle la temperatura y pasarán dos o tres días hasta que se recupere.

Novella sabía que Nanny nunca se equivocaba en lo que a enfermedades se refería. Así que suspiró. Era enfurecedor saber que no se enteraría de nada de la misteriosa llegada del desconocido hasta que pasaran, tal vez, dos días o más.

Como si Nanny le leyera el pensamiento, dijo:

—¿Y quién es él, si puedo preguntar?

Novella sonrió.

—Lo único que sé de él— respondió—, es que es enemigo de Lord Grimston.

—¡Oh, ese hombre! ¡Si tu padre estuviera aquí, no le permitiría la entrada!

—Lo sé y creo que fue Lord Grimston quien disparó a ese pobre caballero.

—Es una herida muy fea, pero gracias al señor, he logrado limpiarla bien— indicó Nanny.

Novella sabía lo escrupulosa que era Nanny con la higiene de cualquier herida o, incluso, rasguño por pequeño que fuera.

—Estoy segura de que estando en tus hábiles manos, Nanny, pronto se recuperará.

Novella bajó para asegurarse de que el pasadizo secreto hubiera quedado bien cerrado.

Si Lord Grimston regresaba de nuevo por su presa, tal vez tuvieran que usarlo.

«Me pregunto quién es y por qué alguien desearía matarlo», pensó.

Entonces lanzó una risilla que fue como el piar de un ave y añadió:

«¡Es emocionante, muy emocionante, que me esté sucediendo esto!»

Novella nunca había esperado demasiado de la vida porque había crecido durante la Guerra.

Su padre estaba ausente luchando y su madre, sufría intensamente por ello.

Conforme se hizo mayor se fue dando cuenta del terrible efecto que la Guerra tenía en todos y todo lo que la rodeaba.

Los jóvenes de la aldea morían y los viejos que se habían retirado tenían que volver a trabajar para mantenerse.

Había escasez de casi todo lo necesario, desde ropa hasta alimentos.

Siempre había pensado que cuando creciera, o sea, cuando cumpliera dieciocho años, las cosas serían diferentes.

Pero para entonces, los jóvenes que había conocido de niños ya no estaban en las cercanías.

Con frecuencia pasaban días sin que apareciera nadie en la casa, y sin nadie con quien hablar, excepto su madre y Nanny.

Una de las pequeñas cosas que la hacían feliz eran los caballos. A *Heron*, el que montaba, lo quería casi como si fuera un hermano. Le hablaba y le contaba lo difíciles que eran las cosas y él parecía entenderla. Le encantaba cabalgar por los bosques. Escuchaba a las aves cantar y a los conejos moverse entre la espesura.

El sol brillaba en lo alto.

Parecía imposible creer que el Ejército inglés estuviera luchando desesperado contra un monstruo que había conquistado casi toda Europa.

Al ver los ojos de su madre, cuando el cartero llegaba día tras día sin llevar noticias de su padre, Novella se daba cuenta de lo asustada que estaba Lady Wentmore de pensar en no volver a ver a su esposo.

Como pasaba tanto tiempo sola, Novella no era consciente de lo bella que se había vuelto en los últimos años.

Su madre había sido una belleza desde niña y había causado impacto en su presentación en Sociedad.

Cuando se casó fue aclamada como la novia más bella de la Temporada.

Aun cuando se parecía a su madre, Novella era diferente. Tenía un aire extraño que resultaba muy excitante en una jovencita. No era sólo el aire de inocencia y pureza que todo joven desea en la mujer que ama, sino también algo espiritual. Por aquello le había parecido al desconocido al que había salvado la vida, como si hubiera descendido del Cielo.

Sin embargo, Novella no tenía la menor idea de ello.

No podía evitar que, por dramático y peligroso que fuera el asunto, le entusiasmara por ser algo diferente a lo usual. Durante meses pasaba día tras día sin que hubiera nada nuevo que contar en las cartas que escribía a su padre. Le contaba cuanto sucedía.

Sin embargo, a veces era difícil llenar incluso una hoja de papel.

«Ahora...», pensó con satisfacción, « tengo algo sensacional que contarle.»

No sólo le sorprendería, sino que sería algo digno de leerse.

Estaba harta de escribir «la siembra empieza a brotar y esperamos tener buena cosecha».

Solía releer lo que había escrito con la esperanza de que a su padre no le resultara tan aburrido como a ella. Pero recordaba que él le había pedido de forma muy especial que le narrara todos los detalles que le fuera posible. Acerca de la casa, del jardín, de la propiedad y, por supuesto, de su madre.

Era difícil saber qué debía decirle sobre ella. Su madre estaba cada vez más pálida y delgada. Parecía no interesarse nada más que por las escasas y esporádicas cartas que llegaban del extranjero.

Novella sabía que las guardaba bajo su almohada y estaba segura de que, a solas, su madre las besaba una y otra vez.

Cuando iba a la Iglesia, solía rezar porque la Guerra terminara pronto.

Lo deseaba con todas sus fuerzas, aunque fuera sólo para que su madre recobrara la felicidad.

«¿Cómo puede seguir viviendo sin papá y asustada día tras día por si lo matan?», se preguntaba.

Algunas veces le habría gustado tener a alguien con quien poder hablar de la Guerra.

Si iba a la aldea, no era raro enterarse de la muerte de algún joven en el mar o en la península.

Lo único que podía hacer era intentar consolar un poco a su sollozante madre.

La Guerra, la Guerra, siempre la Guerra.

Pensaba en Napoleón Bonaparte con un odio que parecía dominar todos sus demás sentimientos.

Aquello incluía la desesperada añoranza por su padre. Le dolía ver su silla vacía en la mesa. Saber que su estudio permanecía cerrado porque nadie lo utilizaba.

«La Guerra, la Guerra», repitió, «y los que estamos fuera de ella casi nos sentimos avergonzados de no poder hacer nada para ayudar.»

De pronto, como salido de la nada, cuando menos lo esperaba, un desconocido había entrado corriendo a pedir su ayuda.

Después había invadido la casa el detestable Lord Grimston.

¿Se proponía de verdad asesinar al joven?, ¿y cómo había podido comportarse con tanta grosería?

«Nadie», pensó Novella, se había comportado jamás de aquella manera en todo el tiempo que ella llevaba de vida.

Al retirarse a dormir tuvo la sensación de que todo era parte de su imaginación. No podía ser verdad.

Había bajado a la biblioteca para asegurarse de que estuviera cerrada la puerta del panel. Entonces notó que había manchas de sangre en la alfombra.

Las limpió inmediatamente. Por fortuna, gracias al diseño persa de la alfombra, no se notaban. Sabía, sin embargo, que si Lord Grimston las hubiera visto se habría comportado de manera muy diferente.

Sin importar lo que ella dijera, se habría negado a abandonar la casa.

Mientras borraba la sangre pensó que Nanny debía tener mucho cuidado con los vendajes ensangrentados.

Si alguien los descubría, serían sin duda una prueba de que algo extraño sucedía en la casa.

Si alguien tenía la más ligera noción de que un hombre herido había entrado a la casa buscando refugio de sus perseguidores, podía imaginar con claridad cuánto lo comentarían en la aldea.

«¡Hablarían de ello sin cesar por lo menos durante un mes!» se dijo Novella.

Era algo que no debía suceder bajo ninguna circunstancia.

Por agresivo que se mostrara Lord Grimston, no estaba del todo convencido de que ella le hubiera mentido.

Aun cuando estuvieran espiando la casa, no había forma de que se enteraran de que el desconocido estaba en cama, atendido por Nanny.

¡A menos, por supuesto, que los sirvientes lo comentaran!

Estaba totalmente segura de que Dawkins y su esposa no lo harían.

Adoraban a su padre y harían cuanto estuviera en su poder para conseguir que la Guerra terminara.

Serían la discreción misma.

Lord Grimston tendría que buscar otras pistas para sacar conclusiones.

Primero, que el hombre al que buscaba estaba vivo. Segundo, que estaba herido y lo cuidaban en Wentmore Hall.

«Todo lo que se manchara de sangre de la herida, debía ser quemado», se dijo Novella.

Pensó comentárselo a Dawkins, a su esposa y también a Nanny.

La única que no debía tener idea de lo que estaba ocurriendo, era su madre. No debían preocuparla. Como estaba tan débil era muy importante que durmiera bien y que no se inquietara por asuntos triviales. ¡No había razón alguna para que su madre se enterara de que había un desconocido en la casa!

Sin embargo, admitía que ella sentía gran curiosidad por saber quién era. Resultaba evidente que era un caballero. Además, un excelente atleta. Poder correr tan deprisa después de ser herido en el brazo era algo que para la mayoría de los hombres resultaría imposible.

«Tal vez mañana pueda hablar con él», se dijo Novella y se sintió emocionada con la idea.

Al fin, cuando menos lo esperaba, sucedía algo. Comprendía, casi como si alguien se lo hubiera dicho, que nada sería igual en el futuro.

Como había predicho Nanny, le subió mucho la temperatura. Cuando Novella acudió a verlo al día siguiente todavía estaba con fiebre. Las tajantes instrucciones de Nanny fueron que sólo se quedara con él unos minutos.

Se sentó en una silla junto a la cama y preguntó:

—¿Cómo se siente?

-Estoy preocupado y no sé qué hacer— respondió el desconocido.

—¿Preocupado por qué?

Él titubeó, como si buscara palabras. Finalmente dijo:

—Debo llevar un mensaje a Londres y tengo la sensación de que su niñera es tan estricta como lo era la mía y me impedirá hacerlo.

—Por supuesto— respondió Novella—. Todavía tiene fiebre y le tiene que doler el brazo.

—Es una herida muy dolorosa, lo reconozco— admitió el desconocido—, pero debo hacer el esfuerzo de ir mañana.

Novella negó con la cabeza.

—Estoy segura de que Nanny no se lo permitirá.

El desconocido sonrió.

—Con cualquier otra persona me saldría con la mía, pero como le digo, su Niñera es como la que yo tuve.

Novella se rió. Al comprender que estaba preocupado de verdad, preguntó:

—¿No podría ir a Londres otra persona en su lugar?

—¿Quién?— preguntó el desconocido.

Novella reflexionó.

—Abbey, el viejo Lacayo nunca había salido de la aldea. Los dos muchachos que le ayudaban eran demasiado jóvenes. Debía haber alguien en la aldea.

Fue entonces cuando el desconocido dijo en tono cortante:

—¡Nadie fuera de esta casa debe saber que estoy aquí! Si Grimston sabe donde estoy, no fallará la próxima vez.

—¡Así que fue Lord Grimston quien le disparó!— exclamó Novella.

Por fortuna me moví cuando lo hizo, de lo contrario me habría dado en el corazón, como era su intención.

—Pero..., ¿por qué? ¿Por qué... haría tal... cosa?

No recibió respuesta del desconocido y después de un momento añadió:

—No... no intento... entrometerme... o hacerle preguntas difíciles que no... pueda ... responder.

—Es usted la amabilidad misma— dijo el hombre—, y detesto molestarla tanto.

Lo dijo de una forma que le hizo preguntar, titubeante:

—¿Quiere... que vaya... yo a Londres... en su lugar?

—Es un error siquiera sugerirlo— dijo el desconocido—, pero creo que, como hija de Militar, comprenderá.

—Supongo que Nanny le habrá contado quien es mi padre.

—Me lo ha dicho y, por supuesto, conozco la reputación del General.

Sin duda él comprendería la urgencia del mensaje que debo hacer llegar al Ministro de Guerra.

Los ojos de Novella se agrandaron.

—¿Es tan importante?

—Si el mensaje llega a tiempo, puede salvar la vida de un gran número de nuestros hombres— dijo el desconocido con sencillez.

Novella contuvo el aliento.

—Si es ese el caso, sabe que yo se lo llevaré.

Mientras lo decía pensaba frenética cómo conseguiría llegar hasta Londres sin contar con nadie que la acompañara. Necesitaba a alguien que no hablara y que no considerara extraño que ella quisiera ir a Londres sin ninguna razón aparente.

—Por supuesto, no puede ir sola— dijo el desconocido como si a adivinara sus pensamientos—. Tengo la sensación de que está cuidando a su madre y, de todos modos, Nanny jamás la dejaría ir sola.

—Es verdad— admitió Novella.

De pronto lanzó una exclamación.

—¡Ya sé quién puede acompañarme! Mi vieja institutriz, la señorita Graham vive en una aldea cercana. Como Nanny, me cuidará como si todavía fuera una niña.

—Es justo el tipo de persona que desearía que fuera con usted— dijo el desconocido—. ¿Tiene tantos caballos como necesitará en el viaje?

—Tendríamos que cambiarlos dos veces en alguna Posada del camino— dijo Novella.

—¿Entonces.... realmente puede ir?

—Por supuesto que lo haré, si es tan importante como dice usted— respondió Novella.

—Sólo puedo agradecérselo desde el fondo de mi corazón— dijo él con voz profunda—. Ahora, si es posible, me gustaría escribir el mensaje que tiene que llevar, así que necesito pluma, papel y tinta.

—Se lo traeré, pero, ¿cree que puede moverse? Podría abrírsele la herida y comenzar a sangrar de nuevo.

—Nanny lo resolverá— respondió el desconocido.

Como era lo que ella misma había pensado, Novella se rió. Fue al estudio de su padre a buscar lo que se necesitaba. Se lo llevó al desconocido y le ayudó a sentarse en la cama. Se dio cuenta de que al hacerlo se hizo daño. Por fortuna era el brazo izquierdo el que tenía herido. Le acomodó un libro bajo el papel y después dijo, un tanto turbada:

—Intento no ser entrometida... pero creo... que si voy a Londres... al menos debo saber... su nombre.

El desconocido la miró antes de exclamar:

—¡Santo Cielo! ¡Olvidé que no tiene usted ni idea de quién soy!¡Por supuesto, ha sido un gran descuido por mi parte no presentarme!

Novella esperó y después de unos momentos, él dijo:

—Me llamo Vale Chester, pero es un nombre que no debe pronunciarse fuera de esta habitación. Cuando llegue a Londres sólo refiérase a mí como «Uno-Cinco».

Novella abrió mucho los ojos, por la sorpresa.

—¿Quiere... decir que... está en misión... muy secreta?

—Muy, muy secreta— respondió Vale Chester.

—Por eso nadie, excepto usted, Novella debe saber mi nombre.

Novella notó que la llamaba por su nombre de pila, así que dijo:

—Tal vez sea más seguro que me refiera a usted aquí como Vale y recordaré que, afuera, es usted «Uno-Cinco».

Cuando dijo el número, Vale volvió la cabeza hacia la puerta como si temiera que los estuvieran escuchando.

—¿Podría darme algo de beber?— dijo—. Parece absurdo, pero sólo por— haberme sentado me siento mareado.

—Es porque todavía tiene fiebre— dijo Novella.

Había una jarra en la mesa con un vaso al lado, Novella adivinó que contenía agua de cebada. Era lo que Nanny le daba siempre que estaba enferma. Sirvió el agua en el vaso y se lo llevó a Vale.

Él se la bebió de un trago y empezó a escribir. Como no deseaba parecer curiosa, Novella se dirigió a la ventana para mirar hacia el jardín.

Todavía estaba muy tranquilo. Los pájaros cantaban en los árboles, los capullos florecían. La Guerra y todo lo relacionado con ella parecía muy lejano. Como estaba durando tantos años ya no parecía tan vivamente omnipresente como al principio, excepto para madres y esposas, como su madre.

Sin embargo, allí, en la paz y tranquilidad de la campiña donde nunca sucedía nada, un hombre había sido herido mientras luchaba contra quienes deseaban matarlo. Y como él mismo no podía hacerlo, ella iba a llevar una carta secreta al Ministro de Guerra.

«¡No puede ser verdad!», pensó. «¡Debo estar soñando todo esto!»

Miró hacia atrás, como para asegurarse de que él estaba todavía en la cama y entonces le oyó decir:

—He terminado.

Novella se acercó a él. Estaba doblando el papel que había escrito.

—Deseo que lo lleve oculto dentro de sus ropas hasta que pueda entregárselo al hombre al que la envío. Debe prometerme que lo llevará consigo día y noche, y si por alguna razón no puede seguir adelante o se siente amenazada por algún desconocido, destrúyalo.

Lo dijo con tal seriedad que Novella se dio cuenta de lo importante que era lo que le iba a entregar.

Cogió el papel y permaneció un momento inmóvil, mirando el pequeño mensaje doblado.

Casi como si él la hubiera obligado, se lo deslizó por el escote del vestido para que quedara oculto en el hueco que quedaba entre sus senos. Vale no se lo había sugerido, no había dicho una palabra. Sin embargo, ella sabía que era exactamente lo que deseaba.

—Gracias— dijo él con voz suave.

Entonces, como si el esfuerzo hubiera sido excesivo para él, se deslizó hasta quedar acostado, con la cabeza sobre la almohada.

Novella guardó el material de escribir en el cajón de un armario. Cuando se volvió hacia la cama de Vale, vio que estaba profundamente dormido.

Después de comer sola, Novella pidió que le llevaran el carrito tirado por un pony con el que solía desplazarse.

Fue a la aldea de Little Bedlington a ver a la señorita Graham. Era muy parecida a su aldea, sólo que más pequeña.

La señorita Graham vivía en una de las casitas más bonitas, con un gran jardín. Cuando Novella se detuvo a su puerta estaba cortando flores.

Era una mujer de cerca de sesenta años que se había retirado porque no necesitaba trabajar más. Recibía una pensión del padre de Novella.

También recibía unos cientos de libras al año que le había dejado su padre al morir. Siempre pulcra y bien arreglada, no tenía ni un cabello alborotado en su moño gris.

Se volvió para ver quién era.

—¡Novella!— exclamó—. ¡No la esperaba!

Novella saltó del carrito.

Dejó sin atar al pony porque como era viejo y flojo sabía que no se movería y que sólo se dedicaría a mordisquear la hierba.

Besó a su vieja institutriz y dijo:

—Sabía que le sorprendería verme, vengo a rogarle que me haga un favor.

Por supuesto, querida— dijo la señorita Graham—, sabe que lo haré encantada. Entre y le prepararé una taza de té o de café, ¿qué prefiere?

—Café, por favor— dijo Novella—. No puedo quedarme mucho tiempo, pero vengo a preguntarle si me quiere acompañar a Londres mañana.

—¿A Londres?— exclamó la señorita Graham.

Pareció tan sorprendida que Novella se rió.

—Sabía que le sorprendería, pero debo ir a Londres por un asunto de mi padre.

—Entonces, por supuesto, iré con usted— respondió la señorita Graham—, ¿cuánto tiempo cree que tardaremos?

—Dos días en llegar. Nos detendremos en las Posadas en las que papá solía parar y no necesitamos pasar más de una noche en Londres.

Hizo una pausa antes de añadir, un tanto nerviosa.

—¿Está segura de que no será un esfuerzo excesivo para usted?

—¡Por supuesto que no!— dijo con rapidez la señorita Graham—. ¡Tal vez me esté volviendo vieja, pero todavía no soy una anciana! Es algo que me apetece mucho.

Lanzó una risilla antes de añadir:

—No me importa decirle, Novella, que a veces el tiempo se me hace muy largo, sin nadie a quien enseñar, ni niños latosos a los que corregir.

Novella se rió.

—Veo que he sido muy tonta al no pedirle ayuda otras veces.

—¿Quiere decir que ha pensado hacerlo?— preguntó la señorita Graham.

—Por supuesto, pero creía que disfrutaba su descanso y no quería molestarla.

—Como le digo, tal vez me esté volviendo vieja, pero no tanto como para no poder hacer nada— respondió la señorita Graham.

—Entonces, cuando volvamos, debe venir a casa a ayudarme con Mamá. Últimamente las cosas han sido muy difíciles.

—¿Cómo está su madre?— preguntó la señorita Graham—. Lamento mucho que no se haya recuperado todavía.

—Creo que su enfermedad es más mental que física— respondió Novella—. Echa mucho de menos a papá. Estoy segura de que necesita a alguien que le lea y con quien pueda hablar de los viejos tiempos. Así evitaríamos que se pase el día pensando, como hace ahora.

—¿Cómo ha podido ser tan tonta de no decírmelo antes?— preguntó la señorita Graham.

Novella reconoció el tono de voz que usaba cuando algo le parecía absurdo o tonto.

—Lo lamento— dijo con rapidez—, y en cuanto volvamos de Londres debe venir a quedarse con nosotros. Le prometo que muy pronto estará quejándose de que no tiene un minuto disponible.

—Eso es justo lo que deseo— dijo la señorita Graham, a quien siempre le gustaba tener la última palabra.

*

Cuando el carruaje en el que iba a viajar se acercaba a la puerta, Novella se dirigió al dormitorio de Vale.

Nanny ya le había dado de desayunar y Dawkins lo había afeitado. Estaba mucho más atractivo que antes. Pero Nanny dijo que todavía tenía alta la temperatura y que por nada del mundo debía abandonar la cama.

Novella llegó a su lado.

Estaba en extremo hermosa con su ceñido abrigo azul y un bonito sombrero adornado con flores. Él la miró un momento, sin hablar.

—Estará bien cuidado durante mi ausencia— dijo Novella.

—Es por usted por quien me preocupo— respondió Vale—. Llevo toda la noche maldiciéndome por estar tan débil y desvalido. Sé que no tengo derecho a pedirle que haga una cosa así.

—Tiene todo el derecho del mundo a hacerlo si concierne a hombres como papá que luchan contra ese monstruo de Bonaparte.

—Es algo que ninguna mujer debiera hacer— dijo Vale—, si fuera la mitad de hombre que debía ser, nada me impediría ir yo mismo a Londres.

—No hable como un tonto— le recriminó Novella—. Estaré muy bien. La señorita Graham me cuidará a mí y Nanny a usted.

Hizo una pausa antes de decir:

—Y cuando regrese... tal vez me cuente... un poco más de... este misterio.

Vale estiró su mano y se la ofreció.

—Sé que despierto su curiosidad, pero la mantengo sin saber nada deliberadamente, por si acaso, aun cuando es una remota probabilidad, alguien intentará obligarla a contar lo que sepa.

Novella le había cogido la mano y entonces le apretó los dedos.

—¿Quiere... decir... que alguien... podría... raptarme?

—No me refiero a algo tan malo como eso— dijo Vale—, pero podían intimidarla lo cual, puedo asegurarle, en determinadas circunstancias puede ser muy desagradable.

Novella se estremeció. Pero dijo:

—Estoy... segura... de que estaré... bien.

—Rezo porque así sea, y de nuevo, Novella, sólo puedo darle las gracias. No conozco a ninguna mujer que hubiera sido tan valiente como lo es usted.

Para su sorpresa, se llevó la mano de Novella a los labios y se la rozó con ellos.

—Cuando regrese— dijo—, no seguiré manteniéndola en la ignorancia y le diré de nuevo lo maravillosa que es usted.

Su voz era muy profunda y Novella se ruborizó. Entonces, mientras se dirigía hacia la puerta, dijo:

—Cuídese y Dawkins tiene instrucciones estrictas de no permitir a nadie la entrada a la casa. Nanny lo cuidará como un Dragón, ¡y le aseguro que puede ser muy persuasiva si lo desea!

Vale se rió.

—¡Ya me he dado cuenta!— dijo—. ¡Así que vuelva lo más pronto que pueda!

—Le prometo que lo haré— respondió Novella.

Él le sonrió, pero ella notó que su mirada era de preocupación.

Mientras bajaba la escalera deseó conocer un poco más la razón de su viaje a Londres. Pensó que parecía absurdo tener que viajar hasta tan lejos sólo para entregar un pequeño trozo de papel. Entonces recordó que podría estar salvando las vidas de hombres que, como su padre, luchaban contra fuerzas superiores.

«Cuando todo termine, papá regresará a casa», pensó, «y entonces todo será diferente».

La señorita Graham la esperaba en el vestíbulo.

—Vamos, Novella— dijo, como si fuera todavía su pequeña alumna—, cuanto antes partamos, antes estaremos de vuelta.

—Sí, por supuesto, señorita Graham— respondió en tono obediente.

Subieron al carruaje y partieron.

Capítulo 3

NOVELLA y la señorita Graham pasaron la noche en una cómoda Posada a la que llegaron antes de la hora de la cena.

Los caballos estaban cansados, pero todavía llevaban buen paso. Novella los dejó a cargo de un posadero que recordaba a su padre. Se mostró encantado de volver a verla.

Una doncella las escoltó hasta el primer piso. Había un largo pasillo con pequeños dormitorios a cada lado. El primero, que era ligeramente más grande que los demás, insistió Novella en que lo ocupara la señorita Graham.

La doncella la condujo a la puerta siguiente.

No encontró nada extraño en él y se lavó y se puso un sencillo vestido como los que solía ponerse en casa.

La señorita Graham estuvo lista al mismo tiempo y bajaron juntas al Comedor. Era una habitación cuadrada y fea, con sillas forradas de cuero verde oscuro.

El camarero las condujo a una mesa junto a la ventana y les recomendó varias cosas del menú. La comida resultó aceptable, aunque nada exquisita. Sin embargo, después del largo trayecto, Novella estaba cansada y deseando irse a dormir.

Había unas ocho personas más en el comedor, que evidentemente eran huéspedes de la Posada.

Cuando iban a la mitad de la cena, llegó otro grupo pequeño y cuando estaban terminando el último plato, entró un hombre solo.

Novella no sabía por qué, pero cuando levantó la mirada y lo vio entrar, se puso alerta. Tenía un aspecto bastante común, no iba muy bien vestido. Podía ser un comerciante viajero, y sin duda no era un caballero.

El hombre se sentó en una mesa un tanto alejada de la de ellas, y Novella tuvo la extraña sensación de que la estaba mirando. No podía explicárselo, pero sentía su mirada sobre ella.

De pronto tuvo miedo.

Sin embargo, era lo bastante sensata como para decirse que no tenía sentido asustarse por meras sombras ó por desconocidos, que era lo mismo.

El camarero les sugirió que tomaran el café en el salón y ellas aceptaron. Como a ninguna de las dos les gustaba tomar café por la noche y la señorita Graham pidió té, Novella también pidió una taza de té muy ligero.

—Lo traeré enseguida— dijo el camarero.

Tardó un poco más que si hubieran pedido café, que lo tenían ya listo para los demás huéspedes. Cuando terminaron de tomar el té, Novella dijo:

Si usted no está cansada, señorita Graham, yo sí.

—Ha conducido usted tan bien hoy— respondió la señorita Graham—, que estoy segura de que su padre se sentiría orgulloso de usted.

—Si lo recuerda, desde que tenía diez años, siempre insistió en que aprendiera a conducir lo mejor posible.

—Creo que tenía sólo nueve— dijo la señorita Graham—. Era muy exigente con usted y a veces yo pensaba que pedía demasiado de una criatura tan pequeña.

Novella se rió.

—Bueno, ahora que ya he crecido, puede ver el resultado.

—Me siento muy impresionada, estoy segura de que no nos llevará demasiado llegar a Londres.

No intentaré batir el récord que alcanzó el Príncipe Regente cuando viajó de Londres a Bringhton en un día dijo Novella.

—Lo recuerdo— dijo la señorita Graham—, y todo el mundo se quedó muy impresionado en aquellos días. Sin embargo creo que, aunque le haya molestado a él, ya han superado su marca.

—Los caminos han mejorado mucho desde entonces comentó Novella.

—Es verdad— admitió la señorita Graham.

Subieron las escaleras despacio.

Novella entró en la habitación de la señorita Graham para asegurarse de que tuviera todo cuanto necesitaba y después le dio un beso de buenas noches.

Le estoy muy agradecida por venir conmigo, es maravilloso tenerla a mi lado.

—Yo me estoy divirtiendo más de lo que lo he hecho en mucho tiempo— respondió la señorita Graham—, así que si alguien está agradecida, soy yo.

Novella se rió.

—Bueno, será mejor que salgamos temprano mañana.

—Sí, por supuesto.

Novella se dirigió a su dormitorio. Allí vio que la doncella había dejado dos velas en el tocador y una tercera junto a la cama. Al cerrar la puerta, tuvo la súbita sensación de que habían registrado la habitación. No sabía qué era lo que la había hecho pensarlo. Tal vez, que su camisón no estuviera en la silla donde lo había dejado.

Cuando se acercó al tocador se sintió casi segura de que habían tocado su cepillo, el peine y otras cosas que había dejado allí.

Abrió los cajones.

Sólo había guardado allí alguna cosilla, y aunque pareciera absurdo, ya si estaba convencida de que alguien las había movido para buscar algo entre ellas. Entonces recordó al hombre. Con un estremecimiento pensó que podría haberlo enviado Lord Grimston para vigilarla.

Era bastante probable si Su Señoría se había enterado de que iba a viajar a Londres. Se había imaginado que llevaba información del hombre al que ocultaba.

Novella se llevó las manos a la frente.

«Me estoy imaginando todo esto» se dijo. «Nadie me vigila. Debo estar soñando».

Por impulso cruzó la habitación. Al mirar la puerta se dio cuenta de que la llave no estaba en la cerradura. Estaba casi segura, aun cuando no podría haberlo jurado ante un Tribunal, de que la llave estaba en su lugar cuando bajó a cenar.

No había echado la llave porque sabía que la doncella pasaría a preparar la cama, antes de que ella volviera.

Pero la doncella no se habría llevado la llave y como era una joven del campo, sencilla y de confianza tampoco habría revisado los cajones.

Sin embargo, un espía de Lord Grimston si lo haría. Novella miró a su alrededor y se preguntó qué debía hacer. No tenía fuerzas para arrastrar el tocador o el armario de cajones, para atrancar la puerta.

Sintió un súbito temor de que el hombre entrara a la habitación mientras ella dormía. Podría obligarla a decir si llevaba alguna información importante. Mentiría, pero él la torturaría hasta que le dijera la verdad. Entonces le resultaría imposible no entregarle el papel.

Se sentía cada momento más asustada y pensó frenética en que debía hacer algo. Lo más fácil era acudir a la Señorita Graham y decirle que deseaba quedarse en su habitación. Podía dormir en el suelo si era necesario.

De pronto recordó que Vale confiaba en que no le diría a nadie, ni siquiera a la señorita Graham, lo que llevaba para el Vizconde Palmerston.

«Debo hacer algo», se dijo. «No puedo quedarme aquí y esperar a que ese hombre entre».

Intentó pensar con claridad, como su padre le habría dicho que hiciera.

Tuvo que controlar el miedo que se había agudizado hasta el punto de desear ponerse a dar gritos.

Era casi imposible.

«Como Hija de mi padre debo ser valiente», pensó, «y pensar qué me aconsejaría que hiciera. Si pudiera decirle lo asustada que estoy».

Cerró los ojos un momento y elevó una plegaria.

—Por favor... Dios, ayúdame... por favor— dijo entre dientes.

Entonces, como si el mismísimo Cielo le hubiera enviado una respuesta, supo la solución. Cogió su camisón, su bata y sus zapatillas. Con la vela que estaba junto a la cama en la mano, salió al pasillo.

Tanto la habitación que había frente a la suya como la siguiente estaban ocupadas.

Lo sabía porque en la puerta de una, había un par de zapatos de hombre.

En la otra, un par de zapatos de mujer y otro de hombre esperaban también que el limpiabotas los limpiara.

Avanzó un poco más por el pasillo.

Se detuvo frente a una puerta donde no había nada y se apoyó a escuchar. Entonces, muy nerviosa por el miedo de encontrarse con alguien, abrió la puerta. La habitación estaba a oscuras y cuando levantó la vela vio que estaba vacía.

Entró y cerró la puerta.

La habitación era casi igual que la que tenía ella. La única diferencia era que las cortinas no las habían corrido. Cerró las cortinas y se desvistió lentamente. Al quitarse el vestido se sacó el papel que le había entregado Vale y lo dejó en el tocador.

Entonces se preguntó qué debía decir si el hombre que la vigilaba por órdenes de Lord Grimston lograba entrar en la habitación.

Le preguntaría si ocultaba algo.

Si sólo llevaba puesto el camisón no podía ocultarlo igual que durante el día, pues se vería fácilmente. Si negaba tener algo, él podría revisar la habitación. Esperaría que ocultara las cosas en los lugares usuales. Como debajo de la almohada, en alguna pieza de porcelana o en el cojín bordado que había sobre la silla del tocador.

Entonces recordó algo que había oído una vez. Cómo habían ocultado unos documentos muy importantes bajo la esquina de una alfombra.

Pensó por un momento al hacerlo lo terrible que sería si por la mañana la olvidaba y la dejaba allí. Se tranquilizó, era evidente que aquella posibilidad no existía. Cada fibra de su cuerpo estaba alerta por si el hombre que había visto abajo intentaba buscarla incluso en aquella habitación.

Finalmente, como sabía que le esperaba un día pesado y en verdad estaba muy cansada, se metió en la cama.

Al principio permaneció acostada y muy tensa, escuchando por si alguien se acercaba por el pasillo. Pasó una media hora antes de que la pareja que dormía enfrente subiera. Entraron en su habitación riendo y hablando. Se oyeron algunos ruidos después, cuando ya habían entrado.

Luego se hizo el silencio.

Ya se había quedado dormida cuando de pronto, se despertó sobresaltada. No parecía haber razón para que se despertara, pero se sintió muy tensa. Levantó la cabeza para poder escuchar con más claridad. Entonces oyó que una puerta se cerraba con suavidad.

Estaba casi segura que era la de la habitación que había abandonado. Eso significa que cuando pensaba que todos estaban dormidos, el espía de Lord Grimston había subido. Su intención era obligarla a entregarle lo que deseaba.

¡Tal vez fuera sólo su imaginación!

Sin embargo, estaba segura de tener razón en que él estaba en aquel momento dentro de la que era su habitación.

Se convenció de que era verdad cuando un momento más tarde oyó que de nuevo se abría la puerta. Se incorporó en la cama y a la vez se cubrió los labios con una mano para contener su deseo de gritar.

Alguien caminaba con pasos lentos y pesados, como de hombre, por el pasillo hacia la habitación donde se encontraba. Podía oír las pisadas firmes.

Se detuvieron delante de su puerta.

Comprendió que la estaba buscando al no haberla encontrado en su habitación. Le parecía oír incluso su respiración. Pensó que estaría escuchando en la puerta para ver si había alguien dentro.

Estaba tan asustada, que le temblaba todo el cuerpo. Pero mantuvo los dedos sobre sus labios para no hacer ruido alguno. Esperó lo que le pareció una eternidad y de pronto notó que giraban el picaporte.

Consiguió guardar silencio con gran dificultad. Deseaba gritar y gritar para que todos lo que estuvieran cerca acudieran a ver lo que sucedía. Pero recordó que había echado la llave, y que el hombre no podía abrir la puerta.

Comprendió que estaba a salvo pues no iba a lograr llegar hasta ella.

Durante largo rato él permaneció allí.

Era tal el silencio que podía escuchar su respiración agitada, a través de la puerta. Daba la sensación de que estaba molesto. Quizá lo estuviera porque no se le ocurría cómo podía llegar hasta ella, viendo la puerta cerrada. Cuando empezó a temer que se iba a desmayar debido a la intensa tensión, lo oyó darse la vuelta.

Avanzaba lentamente por el pasillo de vuelta por donde había llegado.

Pensó que tal vez entrara de nuevo en la habitación que debía ocupar a echar otra mirada. Pero siguió hasta el final del pasillo y bajó.

Sólo cuando ya no pudo escuchar sus pisadas, ni siquiera imaginar que aún podía escucharlas, lanzó un profundo suspiro. Pareció surgir de lo más profundo de su ser.

Se recostó sobre la almohada. Lo había derrotado y, a la vez, había confirmado que la vigilaban. Era evidente que Lord Grimston se había enterado de que viajaba a Londres.

También parecía claro que sospechaba que era portadora de alguna información que no le convenía que llegara a su destino.

Había pasado tanto miedo que hasta aquel momento no era consciente de que estaba temblando de frío. Se cubrió con las mantas y se hizo un ovillo en la cama.

El hombre se había ido, pues no le había quedado más alternativa que intentar romper la puerta, con lo que hubiera llamado la atención de los demás huéspedes.

—Gracias, Dios mío... gracias— dijo con fervor.

Aun cuando se sentía segura, tardó largo rato en conciliar el sueño.

*

A la mañana siguiente Novella se levantó temprano y regresó a la habitación que se suponía ocupaba. Por supuesto, recordó coger la nota de Vale de su escondite.

Esperaba que nadie se diera cuenta de que había dormido en otra habitación. Antes de salir había hecho muy bien la cama, para que no quedara huella de su presencia. Se vistió en la otra habitación. Se preguntó nerviosa si el espía de Lord Grimston las seguiría a ella y a la señorita Graham hasta la siguiente Posada.

Tal vez pensara que iban a continuar hasta Londres directamente. No le habría sido difícil adivinar que se detendrían en «*Gallinas y Plumas*», que era la Posada más conocida en el camino entre su casa y Londres y en la que se hospedaban todos los que vivían en la zona de Hythe.

Su siguiente parada, sin embargo, no sería tan fácil de adivinar. Cuando cayó la noche todavía estaban a varios kilómetros de Londres. Novella pensó que lo más sensato era detenerse a pasar la noche. Los caballos que le habían proporcionado en

«*Gallinas y Plumas*» no eran tan buenos como los suyos, ni viajaban tan deprisa.

Sin embargo, los conducían los palafreneros de la Posada, por lo que Novella no tuvo que hacerlo.

Cuando les preguntó a los palafreneros qué Posada recomendaban, le confirmaron que »*El Dragón Verde*» era la más recomendable de las cercanías.

También allí solía hospedarse su padre.

Si el espía estaba decidido a encontrarla tendría que ir preguntando de Posada en Posada.

¡Tal vez hubiera abandonado la persecución!

Pero aun así, Novella miró hacia atrás varias veces durante el trayecto para ver si los seguía alguien.

—Parece preocupada, querida— dijo la señorita Graham cuando se acercaban ya a «*El Dragón Verde*—. Espero que este viaje a Londres no sea excesivo para usted.

—No, por supuesto que no— respondió Novella—. Sólo me preguntaba cuánto tiempo tardaremos en llegar, pero creo que estaremos en la Posada tan cómodas como en Londres.

—Sí me lo pregunta, creo que ha hecho bastante para un día. Con franqueza, estoy deseando acostarme.

—Entonces, el voto definitivo es por »*El Dragón Verde*»— sonrió Novella.

Entraron en el patio de la Posada. Cuando el propietario se enteró de quién era Novella, le preguntó por su padre.

—Papá, por supuesto, está combatiendo en el Ejército de Wellington— respondió.

—Dios lo bendiga y espero que regrese con ustedes pronto— dijo el posadero.

—Es lo que deseamos todos y ojalá esta horrible Guerra termine antes de lo que esperamos— contestó Novella.

—Horrible es la palabra adecuada— admitió el propietario—. Mi señora está muy preocupada por nuestro hijo mayor y tampoco hemos tenido noticias del menor desde hace más de seis meses, porque está en la Marina.

—Espero que las tengan pronto— dijo Novella.

Mientras la doncella las conducía a sus habitaciones, pensó;

«No hay nadie en todo el país que no se vea afectado, de una u otra manera por esta bestial guerra». «¿Cómo es posible que dure tanto?, se preguntó, como mucha gente lo había hecho antes que ella.

Sin embargo, pasaban los años y no parecía tener fin.

Las habitaciones eran muy similares a las que habían ocupado la noche anterior.

La doncella dijo:

—Han tenido suerte, señorita, son las últimas vacantes.

En verdad, hemos tenido mucha suerte— respondió Novella.

En cuanto entró a su habitación cogió la llave y se la guardó en el bolso. No volvería a caer en la misma trampa que la noche anterior si el espía de Lord Grimston la estaba siguiendo. Se quitó el traje de viaje y se puso el mismo vestido que la noche anterior para cenar.

Mientras lo hacía, se dijo;

«Tal vez todo esto no sea más que una tontería mía».

«¿En verdad Lord Grimston llegaría al extremo de enviar a un espía para que la siguiera todo el trayecto hasta Londres?»

«Ella había dicho a todos que tenía que ir a arreglar unos asuntos de su padre, ¿qué ganaba él si su enviado regresaba con las manos vacías?»

«Debo tener mucho cuidado», pensó, «pero a la vez, no puedo obsesionarme aunque esto esté sucediendo realmente».

Cuando la señorita Graham estuvo lista, bajaron a cenar, aunque era temprano.

—Debo confesar que me siento un poco adolorida— dijo la señorita Graham—. Creo que la verdad es que el carruaje en que viajamos hoy no es tan cómodo como el de usted.

—Estoy de acuerdo— admitió Novella—. Papá siempre decía que era un error que los mozos de las Posadas condujeran su vehículo porque si lo hacían mal, era porque los caballos no estaban acostumbrados a ellos *"cada uno debe conducir su carruaje»*, decía.

—Estoy segura de que su padre tiene razón— dijo la señorita Graham—, pero también, me alegraré cuando cojamos de nuevo el suyo, para que tengamos más espacio y pueda conducir usted.

Continuaban charlando cuando entraron al comedor. Entonces, mientras el camarero las guiaba a su mesa, Novella lo vio, estaba allí, esperándola.

Tenía una desagradable mueca en los labios.

Ella sintió que le daba un vuelco el corazón. Mientras se sentaba, se obligó a mirar al espía que estaba a sólo dos mesas de distancia. Era, sin duda, un individuo desagradable. Tenía unos cuarenta años y su mirada, pensó, era dura y cruel. También su boca, plegada en una fina línea.

Como ella lo miraba, él le devolvió la mirada. Tuvo la incómoda sensación que se sabía dónde llevaba la valiosa nota que Vale le había dado.

La cena no fue tan buena como la de la noche anterior. La pasta de la tarta no estaba bien cocida.

La señorita Graham la dejó a un lado.

—No vale la pena comérsela— dijo—, y como estoy cansada, creo, Novella querida, que deberíamos irnos a acostar. Usted deseará estar en buena forma mañana para atender los negocios de su padre.

—Sí, por supuesto.

Novella se puso de pie, consciente de que el hombre observaba cada uno de sus movimientos.

Mientras subían la escalera se preguntó qué debía hacer. Podía encerrarse bajo llave como la noche anterior.

Pero tenía la sensación, debido a la actitud que había visto en él, tan seguro de sí mismo, que tenía alguna idea de cómo llegar hasta ella.

Llegaron a la habitación de la señorita Graham y, de pronto, Novella dijo:

—¿Le importaría que durmiera en su habitación, con usted?

La señorita Graham pareció sorprendida.

—¿Por qué quieres hacerlo?

—Sé que se reirá de mí, pero tengo la sensación de que en la mía hay espíritus, aunque sé que no cree usted en esas cosas.

—Por supuesto que no— dijo cortante la señorita Graham—. Como le he dicho una y otra vez desde que era pequeña, no existen los fantasmas, son sólo parte de la imaginación de las personas.

Novella logró soltar una risilla.

—Eso me dijo un día cuando le conté que había visto un fantasma en la biblioteca, y otra vez, también en el vestíbulo.

La señorita Graham se rió.

—Recuerdo muy bien que ese último era un sirviente que había bebido demasiado y se había caído detrás de la mesa donde se colocaban los sombreros. Cuando usted lo oyó roncar vino corriendo a decirme que el fantasma del vestíbulo se la iba a comer.

—Tenía sólo cinco años y él hacía ruidos muy raros.

—¿Qué la hace pensar hoy que hay fantasmas en su habitación?

—No lo sé. Pero he sentido un escalofrío que me recorría la espalda y como si se me erizara el cabello en la nuca.

—Si me lo pregunta, es sólo cansancio— dijo la señorita Graham—. Pero, por supuesto, duerma aquí, querida y si los fantasmas me despiertan a mitad de la noche, buena reprimenda que voy a darles.

—Ahora ha conseguido que me sienta como una tonta— dijo Novella—. Pero gracias por ser tan bondadosa. Le dio un beso a la señorita Graham.

Entonces fue a la habitación a recoger sus cosas y ayudó a la señorita Graham a cambiar las suyas.

Cuando se aseguró de no haber dejado nada, besó de nuevo a la señorita Graham y le dijo:

—Es usted muy bondadosa conmigo y es muy agradable pensar que, como en los viejos tiempos, me sigue cuidando.

—Es lo que intento hacer— dijo la señorita Graham—, ahora métase a la cama y no se hable más.

Cerró la puerta riéndose. Novella echó la llave a la suya. Entonces se desvistió con rapidez y se acostó. Estaba tan cansada que se quedó dormida enseguida.

Cuando se despertó era de día y el sol entraba por los lados de las cortinas. Miró su reloj y vio que eran las siete de la mañana. En ese momento llamaron a la puerta. Se levantó para abrirla.

Era una doncella que le llevaba agua caliente para que se aseara y una bandeja con una taza de té y una rebanada de pan con mantequilla.

—Hace una mañana preciosa, señorita. Ya tiene listo el desayuno para cuando le apetezca.

—Muchas gracias— dijo Novella.

Estaba terminando de vestirse cuando la señorita Graham entró en su habitación.

—¿Está lista, querida?— preguntó.

—Sólo tengo que ponerme el sombrero— respondió Novella.

—Espero que haya dormido bien. Menos mal que no ha dormido en la otra habitación, ¡habría pensado que veía fantasmas!

—¿Por qué, qué ha pasado?

—Bueno, estaba profundamente dormida— respondió la señorita Graham—, cuando de pronto me despertó el ruido de algo que se había caído al suelo.

Novella contenía el aliento.

—Inmediatamente se abrió la puerta y entró un hombre— continuó la señorita Graham.

—¿Un hombre?— exclamó Novella, aunque sabía de quién se trataba.

—Sí, un desconocido, creo que estaba en el comedor mientras cenábamos— explicó la señorita Graham—. Llevaba una vela en la mano y al ver que lo estaba mirando, me miró también asombrado y entonces dijo:

«Lo siento, he debido equivocarme de habitación».

«Por supuesto que se ha equivocado», le respondí.

—Pero en cuanto terminó de hablar salió y cerró la puerta de golpe.

Novella no dijo nada y después de un momento, la señorita Graham agregó.

—Lo extraño es que tirada en el suelo estaba la llave. Debió empujarla desde fuera con la que usó para entrar. Me parece un gran descuido de esta posada tener dos llaves para la misma puerta.

—Sí que parece extraño— respondió Novella.

A la vez daba gracias a Dios de haber tenido la idea de cambiar de habitación con la señorita Graham.

De nuevo, la carta de Vale para el Ministro de Guerra estaba a salvo. Como no podía decir nada de su secreto, Novella se limitó a cerrar su equipaje. Al terminar y ver que la señorita Graham la esperaba, dijo:

—Pueden subir el equipaje al carruaje mientras desayunamos y lo mejor será salir hacia Londres antes de que aumente el tráfico, como sucederá más tarde.

La señorita Graham estuvo de acuerdo.

Mientras bajaban, Novella pensaba en que había tenido mucha suerte de poder vencer de nuevo al espía del Lord Grimston.

Pensó que tal vez lo viera en el comedor. Pero se había marchado temprano o todavía estaba durmiendo, porque no había señales de él.

La señorita Graham estaba de buen humor.

No dejaba de comentar que era un agradable cambio después del largo tiempo que había pasado sin nadie con quién hablar ni nada qué hacer.

—Nunca más— dijo a Novella—, permaneceré sentada con las manos ociosas, estoy deseando cuidar a su madre.

—Sé que a mamá le encantará que esté con ella— dijo Novella.

La señorita Graham se había mostrado muy discreta.

No le había preguntado detalles sobre el viaje a Londres cuando le dijo que se trataba de arreglar unos asuntos de su padre.

Se preguntaba qué le podía explicar si preguntaba, mientras se dirigían hacia Whitehall.

Pero al detenerse en la puerta del Ministerio de Guerra ya estaba segura de que la señorita Graham no le preguntaría nada.

Antes de que tuviera que sugerirlo, le dijo:

—Me quedaré en el carruaje, querida, estoy segura de que prefiere entrar sola.

—Procuraré no tardar mucho— respondió Novella.

Al descender del carruaje, bajo el sol de primavera, se la veía preciosa. Llevaba puesto el mismo abrigo y sombrero azules con los que había salido de su casa.

Mientras subía la escalinata y cruzaba la impresionante entrada, la señorita Graham lanzó un suspiro.

La Guerra había impedido que Novella, como muchas otras jovencitas, gozara de una Temporada Social en Londres. Habrían dado un baile en su honor. La habrían invitado a muchos otros bailes y diversiones para jovencitas de su edad.

Novella se sentía muy nerviosa. De pronto, temía que lo que Vale le había dado no fuera tan importante. De ser así, habría viajado para nada.

Entonces recordó que, a pesar de su herida, le había parecido autoritario y seguro de sí mismo. Eso la hizo sentirse de nuevo segura de que el pequeño trozo de papel que le había encomendado era algo que el Ministro de Guerra se alegraría de recibir. Se trataba del Vizconde Palmerston, de quien su padre hablaba con frecuencia.

Cuando un hombre uniformado se le acercó, ella solicitó:

—Desearía ver al Ministro de Guerra, Vizconde Palmerston, por favor.

—Por favor, deme su nombre.

—Soy la señorita Novella Wentmore, hija del General Sir Alexander Wentmore.

Le pareció que el nombre de su padre hizo aparecer una expresión de reconocimiento en el rostro del soldado.

Después de ofrecerle una silla, se alejó apresurado. Minutos después era conducida a la presencia del Vizconde Palmerston.

Era un hombre muy apuesto, con un gran donaire que lo hacía muy atractivo para las mujeres. Era el más capaz y poderoso Ministro de Guerra que Inglaterra hubiera tenido jamás.

Saludó a Novella con una sonrisa que a ella le resultó tan irresistible como les había resultado a numerosas mujeres hermosas antes que a ella.

—Encantado de conocerla señorita Wentmore— dijo el Vizconde—, y he recibido buenas noticias de su padre recientemente; sus habilidades son ampliamente apreciadas por el Duque de Wellington.

Novella se ruborizó de placer al oír hablar tan cordialmente de su padre y el Vizconde Palmerston dijo:

—Tome asiento, por favor señorita Wentmore, y dígame porqué está aquí.

Después de mirar a su alrededor para asegurarse de que estaban solos, Novella le entregó el papel que Vale le había dado.

—Le traigo esto, Señoría, de parte de «uno-cinco».

El Vizconde se puso rígido y la miró con asombro. Entonces dijo, como si no pudiera creer lo que acababa de oír.

—¿Dice usted que es del «Uno-Cinco»?

—Sí, Señor.

Él la miró y, sin preguntar más, abrió el papel.

Se puso de pie, se sentó de nuevo y abrió un cajón con una llave que sacó del bolsillo. Cogió un libro azul pequeño.

Novella adivinó que lo iba a utilizar para descifrar el mensaje pues debía de estar en clave. Estudió el libro y el papel durante largo rato antes de decir:

—Lo que me ha traído, señorita Wentmore, es muy interesante y de extrema importancia y me siento seguro de que no lo ha comentado con nadie.

—Con nadie, señor. Se me dijo que lo guardara en absoluto secreto.

—¿Sabe usted dónde está «Uno-Cinco»?

—Sí, Señor.

—¿Podría decírmelo?

-Está en mi casa, Wentmore Hall, en Hythe.

El Vizconde Palmerston lanzó un profundo suspiro. Novella no estaba segura, pero le pareció que era de alivio.

Entonces dijo:

—No voy a hacerle preguntas innecesarias, pero, ¿puede decirme por qué está allí?

—Sí, Señor y me parece que es correcto que usted sepa que está escondido.

—¿Escondido?— preguntó asombrado el Vizconde Palmerston—. ¿De quién se esconde?

Durante un momento Novella titubeó.

Entonces decidió que lo mejor era contarle toda la verdad.

—«Uno-Cinco» entró corriendo en mi casa hace tres días. Me rogó que lo salvara porque unos hombres intentaban matarlo.

El Vizconde abrió mucho los ojos, pero no habló y ella continuó:

—Había recibido un balazo en el brazo y la sangre le corría hasta la mano. Como le creí, lo oculté.

Pensó que le preguntaría dónde, pero como no dijo nada, prosiguió:

—Apenas acababa de esconderlo cuando llegó Lord Grimston.

—¿Lord Grimston?

—Sí, señor. Vive a corta distancia de mi casa.

—¿Era Lord Grimston, quien deseaba matar a «Uno-Cinco»?

—Sí, señor. Lord Grimston me dijo que había visto que el hombre al que seguía había entrado en mi casa. Pero cuando le aseguré que estaba equivocado, sus hombres registraron el jardín y se marcharon.

—¿Y «Uno—Cinco» todavía sigue allí?

—Sí, señor. Debido a su herida ha sufrido temperaturas muy altas y le ha sido imposible viajar a Londres personalmente.

—Así que usted ha venido en su lugar. Sólo puedo decirle lo profundamente agradecido que le estoy— dijo el Vizconde.

Miró de nuevo el papel que tenía en la mano y dijo:

—Sé que comprenderá, señorita Wentmore, que deseo discutir esto con el Primer Ministro y por lo tanto le voy a pedir que me espere aquí unos minutos. Estoy seguro de que disfrutará una taza de café y seré lo más rápido que pueda.

—Muchas gracias, señor, acepto con gusto.

El Vizconde tocó una campanilla que había en su escritorio y casi enseguida se abrió la puerta.

—Traiga café a la señorita Wentmore— pidió—, y algo de comer.

Guardó el librito azul en el cajón con llave, cogió el papel de su escritorio y dirigiéndole una sonrisa a Novella abandonó la habitación.

Novella miró a su alrededor, pensando que nunca había esperado conocer el interior del Ministerio de Guerra.

Se preguntó qué diría su padre cuando se enterara de aquella visita.

Estaba segura de que diría que había hecho lo correcto al salvar la vida de Vale y ocultarlo de Lord Grimston.

Le intrigaba el papel que desempeñaba Lord Grimston en el asunto y la sorpresa que había mostrado el Vizconde Palmerston al saber que estaba involucrado.

«¡Es un hombre horrible!» se dijo. «Espero que no asuste a Nanny durante mi ausencia».

Le había dicho con firmeza a Dawkins que no debía permitir que nadie entrara en la casa mientras ella estaba fuera.

Si Lord Grimston, o alguien más intentaba entrar, debía negarse a abrirles la puerta.

Cuando le llevaron el café, Novella se lo bebió, y se tomó los bocadillos de paté que también le sirvieron.

Se habría sorprendido de saber la sensación que estaba causando el papel que había entregado al Vizconde Palmerston.

Él se había apresurado a ir al número 10 de la calle Downing.

De joven, el Primer Ministro, entonces Conde de Liverpool, había sido notablemente apuesto, alto, esbelto y ágil.

Pero ya el peso de sus responsabilidades empezaba a dejar huellas en su rostro. Su expresión se había endurecido. Pero su ancha frente y su profunda mirada revelaban a cuantos lo conocían su carácter estable y calmado. Quienes trabajaban para él sabían que siempre era lógico y justo.

Había dejado huella desde el momento en que ingresó en el Parlamento, pronunciando un notable discurso.

Pitt, el entonces Primer Ministro, lo calificó de «el mejor primer discurso que jamás había escuchado de un miembro joven del Parlamento».

Se describió como «lleno de filosofía y ciencia, de lenguaje fuerte y perspicaz y con argumentos firmes y convincentes».

El Conde tenía sólo treinta años cuando lo nombraron Ministro del Exterior, poco después del comienzo de la Guerra. Era una distinción excepcional para alguien tan joven.

Después, una y otra vez había demostrado ser un brillante Administrador. Quienes trabajaban con él lo respetaban profundamente. Cuando anunciaron al Vizconde estaba solo y se puso de pie, diciendo:

—Es un placer verle, pero me sorprende un poco.

—Me lo imagino— respondió el Vizconde—, pero acabo de recibir una nota de «Uno-Cinco» que creo le asombrará y encantará.

Los ojos del Primer Ministro resplandecieron y dijo:

—Estaba muy preocupado por «Uno-Cinco», ya que no habíamos tenido noticias de él.

—También yo, pero está a salvo, aunque herido, escondido en la casa del General Sir Alexander Wentmore.

—¿Cómo es que llegó hasta allí?

—Al parecer, se salvó casi de milagro, pero primero permítame darle sus noticias.

—Es lo que estoy esperando.

—Descifré su mensaje y dice que dentro del mayor secreto y bajo la pretensión de querer equipar al Ejército español en Galicia, Wellington reúne barcos, armas y municiones en la Coruña para transportarlos a la Bahía de Santander.

El Primer Ministro lanzó una exclamación ahogada.

—¿La Bahía de Santander?— repitió.

El Vizconde sonrió.

—¿Casi cuatrocientos kilómetros al Oriente?

—¡Apenas puedo creerlo!— exclamó el Primer Ministro.

—Es verdad— le aseguró el Vizconde— y se da usted cuenta de que al hacerlo acortará sus comunicaciones con Inglaterra en cuatrocientas millas terrestres y casi la misma cantidad de millas náuticas. En lugar de alejarse de sus provisiones se mueve hacia ellas.

—Eso veo— dijo el Primer Ministro—. Y a cada milla que viaje hacia el noreste, acercándose al mar, de donde obtiene su fuerza, sus líneas de comunicación estarán más seguras.

—¡Exacto!— admitió el Vizconde—. No recuerdo que nunca el uso ofensivo del poder marítimo en tierra, haya sido más claramente visualizado por un soldado.

Había una nota de triunfo en su voz, que hizo sonreír al Primer Ministro.

En voz alta dijo:

—¿Se da usted cuenta de que las operaciones pueden encontrar dificultades por los americanos?

—Lo sé— respondió el Vizconde.

No necesitaba decir nada más. Su ataque a una frontera canadiense indefensa había sido frustrada por unos cientos de soldados al mando de un Oficial inglés.

Pero ambos sabían que las fragatas americanas tenían artillería más pesada que las inglesas y habían obtenido tres éxitos sorprendentes en el mar.

Entonces, para asombro de todos, corsarios americanos habían empezado a aparecer en las costas portuguesas y atacaban a los barcos de abastecimientos para Wellington.

No eran una amenaza importante, ya que la fuerza de la Marina Real era inmensa.

Pero justo en aquel momento, podía resultar molesto para Wellington que el informe de su brillante nueva estrategia no llegara a los «Altos Poderes» en Londres.

—Comprendo que Wellington decidiera— dijo el Primer Ministro—, que la información que tenemos aquí era demasiado importante para arriesgarse a que nos la entregara un agente menos hábil que «Uno-Cinco».

—Eso creo —admitió el Vizconde—, y ahora, por supuesto, podemos alertar a la Marina.

—¡Lo haremos enseguida!— afirmó el Primer Ministro—. Sólo puedo dar gracias a Dios de que «Uno-Cinco» llegara a Inglaterra.

—Así es y creo que ahora deberíamos intentar deshacernos de Grimston de una o otra manera.

—Llevo pensando en eso bastante tiempo— respondió el Primer Ministro—, pero como sabe, no tenemos suficientes pruebas en su contra y no deseo "cortarle las garras" sin enterarme primero de quiénes se asocian con él.

—En lo único en que puedo pensar por el momento— dijo el Vizconde—, es que gracias a la muy bonita hija de Wentmore, «Uno-Cinco» está vivo.

El Primer Ministro guardó silencio.

Entonces, después de una larga pausa, dijo:

—Ambos conocemos la reputación de Grimston, ¿cree que la hija de Wentmore podría ayudarnos?

—Es muy joven y en extremo atractiva y yo diría que muy inocente— respondió el Vizconde.

El Primer Ministro sonrió.

—¡Usted, sin duda, es un juez muy bueno en esos temas!

Entonces, como el Vizconde no respondía, agregó en tono más serio:

—De alguna manera debemos detener esa incesante corriente de oro para Napoleón.

—Muy bien— dijo el Vizconde—. Le pediré que haga lo que pueda, pero con franqueza creo que deberíamos sentirnos satisfechos con capturar a

Grimston, de quien tenemos bastantes pruebas, y olvidar a sus cómplices.

—Ese dinero, y Dios sabe que es una enorme cantidad— respondió el Primer Ministro—, es una fuente invaluable para que Napoleón compre armamento.

El Vizconde levantó una mano.

—¡Lo sé, lo sé!..., muy bien, hablaré con la señorita Wentmore, pero no es algo que me agrade hacer.

—Tampoco a mí— admitió el Primer Ministro—. Pero, si podemos eliminar a Grimston y a su banda, estaremos ayudando a Wellington en lo que considero el plan estratégico más notable y osado que jamás haya emprendido el Ejército inglés.

El Vizconde se puso de pie.

—Estoy de acuerdo— dijo—, y cuando «Uno-Cinco» esté lo suficientemente recuperado como para venir a Londres, sabremos mucho más que ahora. Por mi parte, no sólo espero, sino que siento en mis huesos, que el final está a la vista.

—Sólo puedo rezar porque tenga razón— respondió el Primer Ministro.

Mientras hablaba, guardó en un cajón la nota que el Vizconde le había entregado y lo cerró con llave.

*

Novella estaba leyendo un periódico que le habían llevado, cuando el Vizconde Palmerston regresó a su despacho.

Ella iba a ponerse de pie, pero él se lo impidió al decirle:

—No se mueva, señorita Wentmore, deseo hablar con usted. Se sentó en un sillón junto al de ella.

—Primero debo decirle lo complacido y encantado que está el Primer Ministro con la información que nos ha traído de parte de «Uno— Cinco». Por favor, dígale en nuestro nombre que nos ha dado esperanza y estamos profundamente agradecidos de que haya logrado llegar a Inglaterra.

—Estoy segura de que es lo que desea escuchar— respondió Novella—, ¿y puedo decirle, señor, que no debe intentar venir a verlo, hasta que se haya recuperado lo suficiente para viajar?

El Vizconde sonrió.

—¡Dígale que es una orden que debe obedecer!

Novella pensó que era el fin de la entrevista y se disponía a levantarse.

Sin embargo, Lord Palmerston agregó, en tono muy serio:

—Me ha pedido el Primer Ministro, señorita Wentmore, que le hable de los problemas que tenemos con Lord Grimston.

—¿Me... está pidiendo... que haga... algo?

Con lentitud, como si eligiera sus palabras, el Vizconde dijo:

~ 74 ~

—Supongo que, ya que vive cerca del mar, habrá oído hablar de los «Botes-Guinea». Son los contrabandistas que hay a todo lo largo de la Costa y que traen artículos de Francia e Inglaterra, por los cuales se paga en oro.

—Sí... por supuesto.

—Bien, me dijeron la semana pasada que se calcula que esos botes se llevan a Francia de diez a doce mil guineas a la semana.

Novella ahogó una exclamación de asombro.

—¿Tanto? ¿Cómo puede ser posible?

—Las guineas de oro son la única moneda que aceptan los comerciantes franceses— dijo el Vizconde—, y es ese oro el que proporciona a Napoleón una fuente invaluable de dinero para comprar armamento a países neutrales.

—¿Las armas... que matan... a nuestros... soldados?— dijo Novella casi entre dientes, pensando en su padre.

—¡Exacto! Napoleón considera a los contrabandistas ingleses sus amigos y, como supongo que sabrá, la ruta más popular es la parte más estrecha del canal entre Boloña y Dover.

Como estaba muy cerca de donde ella vivía, Novella contuvo el aliento.

—Me han dicho— continuó el Vizconde—, que logran tal velocidad, unos nueve nudos, que hacen con facilidad el viaje de ida y vuelta en una noche.

—Por supuesto... he oído hablar de ello— admitió Novella—, y siempre he rezado porque ninguno de los hombres de nuestra aldea se involucre en ello. Pero según creo, ganan hasta una guinea por viaje, y es una gran tentación para ellos.

—Por supuesto que lo es— estuvo de acuerdo el Vizconde—. A quien debe castigarse es a quienes les brindan la tentación, hombres como, por ejemplo, Lord Grimston, que deberían hacer algo mejor que traicionar a su propio país.

Novella se irguió en su asiento, asombrada.

—¡Lord Grimston! ¿Cree que él está involucrado en eso?

—Mucho— respondió el Vizconde—. Debe haber amasado una enorme fortuna con las ricas telas que ha traído a Inglaterra y que se venden a mujeres tontas de Londres que no tienen idea de que han costado la vida a los soldados ingleses.

—Entonces... ¿por qué... por qué... no arrestan... a Lord Grimston?

—Es lo que voy a decirle. Tenemos razones para creer que no trabaja solo, y que un gran número de sus amigos, de su misma condición social, colaboran con él.

Novella lanzó un pequeño murmullo de horror y el Vizconde prosiguió:

—Obtienen ganancias del brandy, del vino y de las sedas que traen de contrabando desde Francia, pero no conocemos sus nombres, ya que es Grimston quien recibe los cargamentos que provienen de Boloña y otros lugares de la Costa francesa.

Novella guardó silencio.

Al rato como era de mente muy ágil, preguntó:

—¿Qué... me está... pidiendo... que haga?

—Me parece incorrecto, lo sé, pero como Hija de un soldado, comprenderá que estamos desesperados y hemos pensado que, ya que por milagrosa coincidencia Grimston vive cerca de usted y ha estado en su casa, podría usted averiguar un poco más de lo que sabemos hasta el momento.

Extendió sus manos en un expresivo ademán, al decir:

—Le juro, señorita Wentmore, que hemos intentado cuanto estaba en nuestro poder para descubrir quiénes forman la *«Banda»* de Grimston, como la llamamos. Tenemos idea de que ocupan lugares altos y de importancia social. Podemos estar equivocados, pero eso es lo que nuestro instinto nos dice. Sin embargo, no tenemos con qué proseguir.

—Y... y me pide— dijo Novella con voz muy suave—, que... lo averigüe para... ustedes.

—Le pido que lo intente— respondió el Vizconde—, pero sin correr ningún riesgo. Sólo intente, si es posible, descubrir los nombres de la banda o tal vez señalarnos las direcciones donde viven, para que podamos conducir a esos traidores ante la Justicia.

—Comprendo. Ya le he dicho cuánto me desagrada... Lord Grimston... pero de hecho... me ha pedido... que cene en su casa y dijo... que deseaba... volver a verme.

Titubeó al decirlo, como si alguien le sacara las palabras a la fuerza.

—Entonces, todo lo que puedo rogarle— dijo el Vizconde—, es que acepte su invitación a cenar, correctamente acompañada por una dama de compañía, por supuesto y cuando esté en su casa averigüe cuanto pueda, para darnos alguna pista sobre cómo opera y quiénes son sus socios.

Novella permaneció en silencio.

Después de un momento, el Vizconde admitió:

—Sé que le pido mucho, pero ha sido idea del Primer Ministro. Le ha parecido, como a mí, que fue por misericordia de Dios el que «Uno-Cinco» lograra llegar hasta usted para salvarse.

—Yo misma pensé que era... casi como un milagro.

—Entonces, por supuesto— sonrió el Vizconde—, ¡somos unos ambiciosos al esperar otro!

Novella lanzó un profundo suspiro.

—Haré... todo lo que... pueda... pero estoy segura de que no... será fácil... y Lord Grimston me parece... horrible y me estremezco... solo al hablar... con él.

—¡Entonces, ponga cuanto pueda de su parte para que termine confinado en la Torre de Londres, que es el lugar que le pertenece!— afirmó el Vizconde.

Se puso de pie y Novella lo imitó.

—Creo que su padre estaría orgulloso de usted y el Primer Ministro y yo le agradecemos todo lo que ha hecho hasta ahora.

Debido al tono suave y sincero de sus palabras, Novella sintió que estaba al borde de las lágrimas.

—Lo intentaré... le prometo que lo intentaré— susurró—, pero no debe disgustarse conmigo... si fracaso.

—Sería muy difícil para cualquier hombre disgustarse con usted, señorita Wentmore y la próxima vez que vea a su padre le diré que su hija no sólo es muy hermosa, sino además increíblemente valiente. Acompañó a Novella hasta la puerta y la condujo al carruaje que la esperaba.

Dirigió una mirada aprobadora a la señorita Graham. A la vez se sorprendió al ver que el carruaje no tenía conductor ni palafrenero. Mientras Novella estaba en el Ministerio, uno de los soldados de guardia había cuidado los caballos.

—¡Así que usted misma conduce!— exclamó cuando ella tomó las riendas.

—Mi padre me enseñó a conducir, igual que a cabalgar, desde muy pequeña— respondió Novella—, pero puedo asegurarle, Señoría, que es el viaje más interesante y emocionante que había hecho jamás.

—Le creo— respondió el Vizconde—. Espero que regrese a casa sin contratiempos.

Dio un paso atrás y ella le sonrió antes de partir. En cuanto se alejaron un poco, la señorita Graham dijo:

—¡Estoy segura de que era el Vizconde Palmerston!

—Sí, lo era— le confirmó Novella—, y me ha dicho cosas muy agradables de papá.

—Es un hombre muy apuesto— observó la señorita Graham—, no me sorprende que se hayan enamorado de él tantas mujeres.

Novella se volvió para mirarla asombrada.

—¿Cómo lo sabe?— preguntó.

La señorita Graham se rió.

—Querida, todos hablan de los hombres importantes y si tienen algún romance, el viento lo difunde. ¡Todo el mundo lo sabe casi antes de que comience... o termine!

Novella se rió.

—Espero que cuando tenga un romance yo, si es que alguna vez lo tengo, se mantenga en secreto.

—¡No tendrá usted nada por el estilo!— dijo cortante la señorita Graham—. Deseo verla casada con alguien encantador, apuesto e inteligente como su padre. Se anunciará en las columnas de sociedad y todos dirán que es un hombre muy afortunado.

Novella se rió.

—¡Ahora se está inventando usted un Cuento de Hadas! Sabe que con la vida tan tranquila que llevamos en el campo desde que papá se fue a la Guerra, apenas puedo recordar cuándo fue la última vez que conocí a un joven.

Al decirlo recordó que había conocido a Vale.

Sin embargo, en circunstancias tan extraordinarias que apenas si podía creer que fuera verdad. Era como si se tratara de una historia que hubiera leído en un libro. Era sin duda apuesto, y además, muy interesante.

Por el comportamiento que había adoptado el Vizconde, ella comprendió que estaba en un Servicio Secreto del que a nadie se le permitía hablar.

Mientras conducía iba pensando en lo que el Vizconde Palmerston le había dicho. Supuso que Vale debió llegar a la casa de Lord Grimston disfrazado de contrabandista.

Ella había oído que los botes que provenían de la Costa francesa no sólo llevaban artículos de contrabando que hacían ganar fortunas a quienes los vendían.

Se murmuraba que también llevaban con ellos espías franceses.

Aquellos nombres se dirigían a Londres para obtener información útil para Napoleón.

Novella sabía que debido al excesivo incremento del contrabando se habían tomado medidas para evitarlo. Se prohibía a los pescadores construir botes de más de seis remos. Habían aumentado la Guarda Costera para evitar que llegaran a tierra los cargamentos provenientes de Francia.

Wentmore Hall estaba cerca del mar.

Por lo tanto, Novella siempre había oído a la gente hablar del contrabando, no sólo a los amigos de su padre, sino también en la aldea.

Por supuesto, había aumentado la vigilancia en las costas inglesas. Como resultado de ello, era frecuente que las tripulaciones de los botes contrabandistas se vieran obligados a abandonar los barcos en la playa más cercana.

Pero su construcción era tan barata y rápida que renovarlos costaba sólo el diez por ciento de la ganancia de un solo viaje.

Novella había prestado atención a lo que se decía.

Pero nunca, ni en sus más locos sueños, imaginó verse involucrada con el contrabando, ni esperaba tener que averiguar más de lo que ya sabía por rumores.

Sin embargo de pronto, para horror suyo, el Vizconde le había pedido que tomara parte en conducir ante la Justicia a alguien tan importante como Lord Grimston.

«¡Lo... detesto! ¡Lo... detesto!», pensó.

Entonces comprendió que era por el bien de Inglaterra y tal vez también por el de Vale.

Por lo tanto intentaría descubrir lo que el Vizconde deseaba saber, aun cuando significara enfrentarse a un grave peligro.

Capítulo 4

NOVELLA y la señorita Graham pasaron la primera noche en la Posada cercana a Londres. Tenían que parar de todos modos para devolver los caballos.

Como tenían prisa, partieron al día siguiente muy temprano.

Después de la segunda noche, Novella recogió los caballos que pertenecían a su padre.

Estaban descansados e inquietos y como sabían que volvían a casa, avanzaron con más rapidez que cuando se dirigían a Londres.

Cruzaron los portones de Wentmore Hall como a las seis de la tarde.

—¡Ha sido un paseo delicioso!— exclamó la señorita Graham.

Novella ya le había preguntado si deseaba ir primero a su casa, pero ella le había respondido que quería ver a Lady Wentmore.

—Siento que la he descuidado— dijo—. Pero temía imponer mi presencia y aburrirla.

—Jamás sucedería eso!— dijo Novella con sinceridad. La señorita Graham sonrió.

—¡Sé lo aburridos que pueden ser las institutrices, los maestros y las niñeras cuando empiezan a hablar de los «viejos tiempos».

Novella se rió.

—Bueno, de eso quisiera hablar yo con usted y sé que mamá también, así podremos sentarnos juntas y pasarlo bien.

Mientras lo decía se preguntó si tendría tiempo. Tal vez sus nuevos deberes le impidieran pasar mucho tiempo con su madre. Estaba decidida a no contarle a su madre nada de lo que le habían pedido que hiciera mientras estaba en Londres.

Estaba segura de que le horrorizaría la idea y le prohibiría tener relación alguna con Lord Grimston.

«Papá si lo entendería», se dijo Novella.

Todos estaban perturbados por la Guerra y las dificultades que había causado. La mayoría del pueblo sufría una gran pobreza. Y ello, a pesar de que los granjeros podían vender sus cosechas a buenos precios, ya que todos, incluyendo al Ejército de Wellington, requerían alimentos.

«¡Pronto debe terminar!», se dijo Novella.

Sabía que si había algo que pudiera hacer para ayudar a que se alcanzara la paz cuanto antes, debía hacerlo, por peligroso que pudiera ser.

Wentmore Hall parecía muy bonito mientras ascendían por la vereda. El sol brillaba sobre sus ventanas en forma de diamantes. Se detuvieron frente a la puerta principal y el viejo palafrenero acudió corriendo desde la caballeriza.

De pronto recordó Novella que no le había contado a la señorita Graham que tenía un visitante.

Sin embargo, pensó que lo más adecuado sería consultar primero con Vale qué quería que le dijera. Se había mostrado tan reservado.

También la forma que había tenido el Vizconde Palmerston de hablar de él, había hecho que se diera cuenta de que tenía que ser muy cuidadosa con cuanto dijera.

El viejo Abbey le preguntó cómo se habían portado los caballos.

—¡Perfecto!— dijo Novella—. Y estoy segura de que hemos llegado a casa en un tiempo récord!

El viejo tomo el cumplido como si fuera con él. Cuando Novella y la señorita Graham bajaron del vehículo, se lo llevó.

Dawkins acudió a recibirlas al vestíbulo. Entonces Novella subió y la señorita Graham la siguió. Cuando entró al dormitorio de su madre, Lady Wentmore le tendió los brazos.

—¡Querida, ya has vuelto! ¡Estaba tan preocupada por ti!

—Me temía que así fuera, mamá— dijo Novella—, pero aquí estoy, sana y salva y te he traído una visita.

En cuanto la señorita Graham apareció en el umbral, Lady Wentmore lanzó una exclamación de alegría.

—¡Qué placer verla!— exclamó—. Me preguntaba dónde estaría y si sería feliz en su aldea.

—Me ha hecho mucho más feliz recibir la invitación de Novella para venir aquí— dijo la señorita Graham— y ayudar a atenderla.

—¡Es una idea espléndida!— dijo Lady Wentmore—. De hecho me siento más feliz, no sólo por el regreso de Novella, sino también porque he recibido una carta de su padre.

—¡Una carta de papá!— casi gritó Novella—. ¡Oh, mamá, qué emoción! ¿Qué dice?

—Muy poco respecto a lo que hace— respondió Lady Wentmore—, pero nos echa de menos y espera volver a vernos pronto.

Después de una leve pausa, dijo en voz más baja:

—¿Creéis que de verdad quiere decir que hay posibilidades de que regrese a casa?

—Estoy segura de que sí, mamá— dijo Novella—. La Guerra no puede durar toda la vida, y cuando papá esté de nuevo en casa, todo nos parecerá sólo como un mal sueño.

Lady Wentmore suspiró.

—Lleva tanto, tanto tiempo, que casi temo que no termine jamás.

Parecía hablar consigo misma y Novella dijo con rapidez:

—Por supuesto que va a terminar, y estoy segura de que papá es profético al decir que volverá a vernos pronto.

Lady Wentmore no respondió y Novella continuó:

—Voy a quitarme el sombrero y la capa, que están cubiertos de polvo y supongo que la señorita Graham deseará hacer lo mismo.

—Me gustaría primero charlar un poco con su madre— dijo la señorita Graham y se sentó muy cerca de la cama. Novella salió al pasillo y vio acercarse a Nanny.

—Ya he vuelto, Nanny! ¿Qué ha sucedido durante mi ausencia?

Nanny abrió la puerta de uno de los dormitorios desocupados y la condujo al interior.

—Tengo mucho que contarle, señorita Novella, pero sé que ha venido con usted la señorita Graham y es mejor que ella no sepa nada.

—Sí por supuesto, pero, ¿qué ha sucedido?

—El señor Vale está mejor, ¡eso se lo aseguro! Pero no lo bastante para andar vagabundeando por ahí y arriesgándose a que la herida le sangre de nuevo.

—Estoy segura de que puedes evitar que haga cualquier tontería.

—Puedo intentarlo— respondió Nanny—, ¡pero anda que no tiene su fuerza de voluntad!

Novella lanzó una risita y Nanny prosiguió:

—Comprendo que tiene que ser cuidadoso. Ese Lord no sé cuántos han estado rondando por aquí, y aun cuando nadie ha dicho nada, sospecha que el señor Vale está aquí.

—Oh, Nanny, no debe encontrarlo.

—No entra en la casa— respondió Nanny—, Dawkins se encarga de ello, y yo también. Pero yo no confiaría en él ni un instante.

—Tampoco yo— indicó Novella.

Sabía que Nanny no habría dicho aquello, a menos que estuviera de verdad muy preocupada, y añadió con rapidez:

—Iré a quitarme el sombrero y lavarme un poco el polvo del camino. Después me gustaría verlo.

—Buenas noticias.

Novella no respondió.

Mientras se dirigía a su dormitorio pensó que para Vale, las noticias serían buenas. Pero para ella, en lo personal, definitivamente eran malas. Cuando, diez minutos después, fue a ver a Vale, no lo encontró en la cama, sino sentado junto a la ventana.

Llevaba puesta una bata larga. Pertenecía al General, lo que le daba cierto aire militar. Una pañoleta blanca le cubría el pecho y estaba muy erguido en la silla, esperando saludarla.

Ella pensó que estaba muy apuesto y sobre todo, con una salud mucho mejor que la última vez que lo vio. Llevaba el brazo izquierdo en cabestrillo, pero le tendió su mano derecha. Al cogérsela, ella sintió que se cerraban sus dedos sobre los de ella con fuerza.

—Ya ha vuelto!— exclamó—.¡Siento como si hubiera estado ausente cien años!

—¡No ha sido tanto!— sonrió Novella—. Pero tengo muchas cosas que contarle.

—Sabe que deseo saberlas— respondió Vale.

Ella se acomodó en una silla delante de él y empezó su relato desde el momento en que entró el Ministerio de Guerra.

—Me sentí un poco nerviosa— admitió—, pero una vez que conocí al Vizconde Palmerston, me pareció encantador.

—No hay mujer a quien no le suceda eso— comentó Vale.

Novella le contó con exactitud todo lo que había ocurrido.

Cómo el Vizconde había leído la nota y la había transcrito con el manual azul.

—Después dijo que debía ir a ver al Primer Ministro— añadió.

—Suponía que lo haría— dijo con voz tranquila Vale.

—Esperé un largo rato— continuó Novella—, y cuando regresó me dijo lo sumamente agradecidos que el Primer Ministro y él estaban, primero de que estuviera usted vivo y, segundo, por la información que les llevé.

—¿No le dijo en qué consistía?— preguntó Vale.

Novella negó con la cabeza.

—No... pero...— hizo una pausa.

—¿Pero, qué?

—Me pidió que hiciera algo... que les ayudara al Primer Ministro y a él.

Vale la miró interrogante.

—¿En qué? Sé que es algo que no desea hacer.

Titubeante, porque se sentía avergonzada de sus propios sentimientos, Novella le contó lo que le había dicho el Vizconde Palmerston sobre Lord Grimston.

—¡No entiendo por qué no lo arrestan, de una vez por todas!— dijo indignado Vale.

—Eso... mismo... le dije— indicó Novella—, pero primero desean... conocer los... nombres de quienes están... asociados con él, lo que el Vizconde llama... su *«Banda»*.

Se hizo un momento de silencio.

Entonces Vale dijo:

—Lo que intenta decirme es que le han pedido que averigüe los nombres de sus socios.

Novella asintió con la cabeza.

—El Vizconde Palmerston dijo... que no debía correr riesgos... pero que como hija de mi padre... comprendería lo importante que es que... Napoleón... no siga recibiendo enormes... cantidades de nuestro... oro cada semana para gastarlo en comprar las... armas para... matar a nuestros soldados.

Vale apretó los labios en una línea dura.

Entonces dijo:

—Debió usted negarse.

—¿Cómo... cómo... podía hacerlo? Sabe que vivo muy cerca de Lord Grimston y Su Señoría ya me... había dicho que le gustaría... que cenara... con él.

—¡No me había contado usted eso!

—No me parecía que tuviera sentido hacerlo, ya que no tenía la menor intención de aceptar tan desagradable invitación.

Vale se agitó inquieto en su silla.

—¡Probablemente tenga que matar a ese hombre yo mismo! ¡Pero no permitiré que se vea mezclada en ese tipo de cosas!

—Pero sí ya lo estoy— dijo Novella con tranquilidad—. Usted está aquí y estoy segura de que no hay nadie más en el vecindario que pudiera... ayudarnos a descubrir los nombres de *la banda*.

—¡Sea quien sea quien los descubra, no va a ser usted!

Lo dijo con tal certeza que Novella no pudo evitar preguntar:

—¿Por qué yo... no?

Él la miró. Ella tuvo la sensación de que no iba a decirle lo que estaba pensando. Finalmente, dijo:

—Puedo darle una respuesta, más es innecesario si no tiene intenciones de hacer lo que Lord Grimston le ha pedido.

De pronto, Novella sintió que se mostraba cobarde. No era tan valiente como el Vizconde esperaba que fuera la hija de su padre.

—Debo... hacer un esfuerzo— dijo—, para lograr lo que han pedido... y si es imposible... entonces le diré... al Vizconde que... he fracasado y tal vez... pueda enviar a alguien para que actué en mi lugar.

—¡Creo que eso sería imposible!— dijo Vale—, Grimston es lo bastante listo para sospechar de cualquier desconocido que intente acercarse a él.

—Entonces... como verá... el asunto... vuelve a mí.

—Eso supongo— dijo él molesto—, pero tiene que jurarme por lo que le es más sagrado, que no se permitirá estar a solas con ese hombre. Conozco su reputación con las mujeres y, como dijo el Vizconde, debe estar acompañada por una dama de compañía.

—¡Lo estaré... se lo... prometo!— le aseguró Novella. Pensaba que la señorita Graham estaría con ella.

Si Lord Grimston le pedía de nuevo que fuera a su casa, podía insistir en llevarla con ella.

Como consideró que no debían continuar hablando de aquello, dijo en diferente tono de voz:

—Debo contarle algo que sucedió en el viaje.

—¿Qué es?

Es evidente que Lord Grimston se enteró de que me iba a Londres y envió un espía a seguirme.

—No puedo creerlo!— exclamó Vale—. ¿Qué hizo?

Con rapidez, como para no perturbarlo, Novella le contó cómo había intentado entrar a su habitación la primera noche. Que estaba segura de que la había revisado antes. Después le relató cómo había cambiado de habitación con la señorita Graham la segunda noche.

—Fue usted muy inteligente— dijo Vale—, pero por otra parte no puedo soportar la idea de que ese hombre hubiera podido insultarla y asustarla.

—Logró asustarme— dijo Novella—, pero tenía que proteger la carta que me dio usted como fuera.

—Creo que, si fuera hombre, sería llamado enseguida a servir en el Servicio Secreto.

—Eso es un halago— sonrió Novella—, pero me asusté tanto con sólo pensar en usted y en lo que hace, que prefería estar luchando en el campo de batalla, sin misiones secretas.

Vale se rió.

—Intentaré que no vuelva a sucederle nada parecido nunca. Supongo que si realmente quisiera comportarme con propiedad, me iría de aquí inmediatamente para dejarla a usted fuera de toda sospecha de ese hombre detestable.

Novella sonrió.

—Creo que la verdad es que hemos ido tan lejos que no podemos volvernos atrás. ¿Qué cree que hará él ahora?

—No deseo pensar en ello, pero debemos estar alertas y ser lo bastante sensatos para no correr riesgos.

Novella pensó que llevaba unos días haciéndolo, pero no tenía sentido decírselo. Por peligroso que pudiera ser, Vale había llevado un nuevo ímpetu a su vida, que antes no tenía.

¿Cómo hubiera podido imaginar que él lo cambiaría todo?

Sin embargo, lo había hecho desde el momento en que irrumpió en el vestíbulo de su casa pidiendo su protección. En aquel momento, que podía pensarlo con claridad, vio que había sido muy emocionante ir a Londres y conocer al Vizconde Palmerston. Incluso pasar la noche en el camino había sido un cambio. El regreso había sido también algo nuevo, aunque no tan dramático.

—Tiene mucha razón— dijo Vale y ella comprendió que había estado leyendo sus pensamientos—. Es bueno para todos ser arrastrados alguna vez a hacer algo que resulta poco usual y encontrar lo que nunca esperamos en nuestras vidas.

Sin duda, es lo que usted ha supuesto para mí y nunca olvidaré cuando entré en el pasadizo secreto y, al principio, no lo vi. Pensé que había sido fruto de mi imaginación.

—Yo pensé que era usted un Ángel enviado del cielo— dijo Vale—. Ninguna mujer de las que había conocido hasta ahora hubiera actuado con tanta rapidez cuando le rogué ayuda, ni me hubiera ocultado en un lugar tan apropiado.

—Tenemos la suerte de contar con un pasadizo secreto— dijo Novella—, y me pregunto si lo necesitaremos de nuevo.

—Creo que Dawkins se está asegurando de que Lord Grimston no pueda entrar en la casa—

respondió Vale—, y tampoco podrá cruzar la puerta principal sin anunciarse.

—Podemos estar agradecidos por eso— admitió Novella—, pero por otra parte supongo que si viene tendré que fingir que me complace verlo.

—Si por mi fuera— dijo Vale molesto—, arrojaría al tipo fuera de la casa antes que permitirle entrar.

Novella suspiró.

—Pero es lo que debemos hacer y, por favor, debe ayudarme.

El le tendió su mano.

—Sabe que lo haré.

Con timidez, ella le cogió la mano y él dijo:

—¿Cómo puedo agradecerle el que haya ido a Londres y haya corrido tantos riesgos por mí, por un desconocido al que todavía sigue ayudando?

—Es usted un soldado— dijo Novella—, y sabe que debo, como hija de Militar, hacer cualquier cosa para ayudar. Como si llevara el mismo uniforme que él.

Vale sonrió.

—No hay duda, viendo cómo habló Lord Palmerston de su padre, de que debe sentirse orgullosa de él, y por supuesto, lo que debo decir yo es que me siento muy orgulloso de conocerla.

Novella se rió.

Tiró de su mano para acercarla más a él.

—Es usted una persona maravillosa— dijo—, y un día le diré cuánto la admiro y qué agradecido le estoy, pero por el momento debo concentrarme en recuperarme para volver al trabajo.

—Deberá tener mucho cuidado— se apresuró a decir Novella—, si Lord Grimston envió un hombre a vigilarme, estoy segura de que todavía lo sigue buscando.

—No hay duda de que lo estará haciendo— admitió Vale—. Sin embargo, tengo la sensación de que empezará a aburrirse pronto de no encontrarme y entonces tal vez encontremos alguna forma para que no tenga usted que acercarse siquiera a él.

Novella comprendió que aquello interferiría con lo que el Vizconde le había pedido que hiciera. Pero, sin embargo, pensó que sería un error decirlo.

—Ahora, hábleme de usted, le veo mejor, mucho mejor, pero Nanny dice que debe tener cuidado para que su brazo no sangre de nuevo— dijo.

—¡Su Nanny me trata corno si tuviera tres años!— se quejó Vale—. Sin embargo, tengo que admitir que gracias a sus cuidados y las hierbas que prepara y me hace beber, me siento de nuevo yo mismo.

Nanny es maravillosa con las hierbas y es verdad que se le ve a usted muy diferente.

Sonrió al decirlo.

Entonces sus ojos se encontraron y dijo:

—¡Y a usted se la ve adorable! Temía que cuando descubriera Londres, el campo le pareciera aburrido y ya no volviera.

Novella se ruborizó ante el halago, pero dijo:

—La única persona que vi en Londres fue al Vizconde, y aunque parezca muy extraño, ¡no me ofreció llevarme a ningún baile!

—Yo la llevaré cuando esté mejor— prometió Vale.

Novella se rió.

—Es una idea maravillosa, pero los únicos salones de baile que encontraremos por aquí son los círculos de hongos en los que bailan las hadas y tal vez podamos escuchar la música de los ruiseñores.

—Algún día irá a un baile— prometió Vale—, lo que debió hacer para presentarse en Sociedad si la Guerra no la hubiera enterrado en este alejado lugar.

—¡Ha estado usted escuchando demasiado a Nanny!— lo acusó Novella—. ¡Es el tipo de cosa que ella diría! ¿Cómo es posible que yo disfrutara de una temporada social en Londres mientras papá lucha en la Península y mamá está enferma de echarlo tanto de menos?

—Lo sé, lo sé— admitió Vale—, pero le prometo, Novella, que un día tendrá su baile, aun cuando tenga que esperar un poco...

—Bueno, a menos que su gente se apresure y gane la Guerra pronto, quedará muy raro verme con el cabello blanco y lentes, ¡fingiendo ser una debutante!

—La Guerra terminará mucho antes— le aseguró Vale—. Mientras tanto, me pregunto cómo puedo agradecerle el que me haya brindado este refugio, que por el momento, no me atrevo a abandonar.

—Por supuesto que no puede irse hasta que esté completamente bien— protestó Novella—. Y cuando se vaya, debe tener mucho cuidado. No confío en que Lord Grimston no siga espiando por ahí.

—La verdad es que por la noche surgen extrañas sombras en el jardín— admitió Vale—, pero su servidumbre ha sido muy leal y, por instrucciones suyas, se han negado a permitir la entrada a nadie en la casa.

Novella se estremeció.

—No me agrada esto— dijo—. Me hace estremecerme el pensar que fuera hay gente que desea matarlo. Debo mostrarle, en cuanto esté lo bastante bien para bajar, cómo abrir el panel del pasadizo secreto.

—Creo que sé cómo hacerlo— dijo Vale—, pero me gustará que me lo muestre, por si resulta necesario usarlo de nuevo.

Novella contuvo el aliento.

—Todavía no me ha dicho por qué desea matarlo Lord Grimston.

Vale miró hacia la puerta para asegurarse de que estuviera cerrada.

—Volví de Francia en un bote de contrabandistas. No tenía ni idea, cuando los soborné, de a dónde me llevarían ni de para quién trabajaban.

—Así que fue una sorpresa cuando vio a Lord Grimston, ¿sabía usted quién era él?

—Lo reconocí y, por desgracia, él también me reconoció a mí— respondió Vale.

—Así que comprendió que se verían en un gran problema si usted lo delataba ante el Vizconde Palmerston.

—Sabía que informaría a Londres que era contrabandista de artículos de mucho valor y que, en consecuencia, lo arrestarían como traidor.

—Suponía— dijo Novella con voz muy suave—, que sería algo así.

—Sólo temo, ahora que estoy lo bastante bien como para pensar con claridad— dijo Vale—, que él tenga sospechas sobre el viaje que hizo usted a Londres.

—Les dije a todos, incluso a la señorita Graham, que era por algo que papá me había pedido que hiciera.

—Fue muy inteligente de su parte— sonrió Vale—, y sólo espero y rezo porque Grimston crea que eso es la verdad.

Charlaron un rato más.

Entonces Nanny llegó para decir que Vale tenía que volver a la cama.

—Ya ha estado levantado bastante, señor— dijo—.¡No voy a permitir que empeore de nuevo, sólo porque la señorita Novella haya vuelto a casa!

Vale hizo un gesto de impotencia con su mano derecha.

—Ya ve cómo me regaña! —dijo—. ¡No puedo hacer más que lo que me ordenan!

—¡Es lo menos que espero después de todos los trabajos que me he tomado por usted!— exclamó Nanny—. ¡Ya empezaba a pensar que no conseguiría bajarle la fiebre nunca!

—Ya ha bajado— respondió Vale—, y mañana podré permanecer levantado más tiempo que hoy.

—Ya veremos— dijo Nanny.

Era el tipo de respuesta que solía dar, pensó Novella. Vio cómo resplandecían los ojos de Vale. Salió de la habitación para que Nanny lo ayudara a quitarse la bata y lo acomodara, como solía decir, «bajo las sábanas».

Mientras avanzaba hacia su habitación, pensaba en lo encantador que era Vale y lo agradecida que estaba de que Lord Grimston no lograra matarlo.

«Estoy segura de que habría sido una terrible pérdida para Inglaterra si lo hubiera logrado», se dijo.

De forma instintiva se dirigió a la ventana para mirar hacia el jardín. Todo parecía tranquilo y en paz. Las palomas revoloteaban en el palomar. La fuente que amaba desde niña, lanzaba el agua hacia el cielo.

Resplandecía como mil arco iris mientras caía de nuevo a la pileta de piedra.

Parecía imposible creer que el Ejército de Wellington estuviera luchando desesperado contra fuerzas superiores. Allí, en la Paz de Inglaterra, un hombre como Lord Grimston estaba dispuesto a asesinar a cualquiera que intentara evitar que continuara con su nefasto comercio.

«No parece real», pensó Novella.

Se alejó de la ventana, como si la belleza que veía le hiciera daño.

Cenó abajo con la señorita Graham, quien charló durante toda la comida del cambio que había experimentado su madre. Lo que Lady Wentmore necesitaba, dijo, era algo que la sacara de su apatía.

—Estoy segura, querida— dijo—, de que su madre necesita un incentivo que la haga sentir que puede hacer algo para ayudar a su padre.

Novella, que comprendía lo que la señorita Graham quería decir, estuvo de acuerdo.

La dificultad era, ¿qué podía sugerir?

—Debemos pensar en ello— respondió—. Sin duda podremos encontrar algo que le interese de verdad.

—No dude que intentaré hacer cuanto pueda— dijo la señorita Graham—. Quiero a su madre, y no puedo tolerar que su padre vuelva y la encuentre convertida en una inválida.

—Supongo que debí pensar en ello antes— dijo Novella—, pero cuando dijo que sólo deseaba permanecer en cama, Nanny y yo la dejamos, en lugar de protestar y oponernos.

—Es usted demasiado joven para encargarse de esto, pero estoy decidida a ayudar a su madre y tengo entendido que tiene usted otro inválido en sus manos.

—¿Qué le han dicho de nuestro huésped?

—Qué ha sufrido un accidente y que su Nanny lo cuida— respondió la señorita Graham—. También que es un hombre joven, y creo que es bueno para usted tener alguien de su edad con quien hablar.

Novella se rió.

—Oh, señorita Graham, ¡me habla usted como cuando era una niña! Recuerdo que le decía a papá que debía tener otra niña de mi edad que me acompañara durante las clases, para que tuviera alguien con quien compartir.

—Es verdad, y trabajó mucho mejor porque deseaba superar a Iona, ¡y también, cuando querían, buenas travesuras que hacían juntas!

Novella se rió de nuevo.

Pensó en que había sido una tonta al no pedir antes a la señorita Graham que acudiera a acompañarla. Siempre había sido muy hábil para arreglar la vida de otras personas, aun cuando la suya fuera bastante aburrida.

Al terminar de cenar, dijo:

—Espero que mañana, señorita Graham, pueda usted conocer a nuestro otro huésped, que como supongo, le habrán dicho que es el señor Vale.

—Sí, eso me dijo su madre— indicó la señorita Graham—, y tengo grandes deseos de conocerlo.

Novela comprendió que sentía una gran curiosidad por Vale. Sin embargo, tenía demasiado tacto para hacer preguntas indiscretas.

Como ambas estaban cansadas, se retiraron temprano a dormir. Cuando pasó por delante de la habitación de Vale, después de dar las buenas noches a su madre, sintió un súbito deseo de hablar con él. Quería pedirle que le contara la información que había llevado desde el Continente.

«Pero supongo que no me querrá contar algo tan importante» se dijo, « así que tendré que continuar imaginándomelo».

Ya en su habitación se acercó a la ventana. Abrió las cortinas para ver las estrellas. De pronto, percibió un movimiento en el jardín. Era una noche sin viento, pero sin duda las hojas de un rododendro se estaban moviendo. Lo mismo sucedía en otro arbusto cercano. Era evidente que había un hombre entre los arbustos.

No había necesidad de preguntarse quién lo enviaba ni lo que estaba haciendo. Le habían ordenado vigilar la casa porque Lord Grimston todavía estaba seguro de que Vale se encontraba ahí. En otras palabras, no había abandonado su cacería. Se apartó de la ventana. Se desvistió y cuando se metió en la cama estaba temblando.

Era atemorizante saber que los vigilaban y que los hombres que lo hacían estaban dispuestos a matar.

—¡Por favor... por favor... Dios mío... no permitas... que lo encuentren!— rezó.

Se preguntó si debía ir a prevenir a Vale de lo que estaba sucediendo en el jardín. Pero se dio cuenta de que no tenía sentido. Estaba segura de que no era la primera vez que los hombres de Lord Grimston vigilaban. Era evidente que sólo esperaban el momento en que Vale saliera de la casa.

Entonces lo asesinarían.

«¿Qué podemos hacer? ¿Cómo vamos a salvarlo?», se preguntó frenética.

Entonces, casi como si una voz le diera la respuesta, comprendió lo que debía hacer. En cuanto arrestaran a Lord Grimston y lo enviaran a la Torre de Londres, Vale estaría a salvo.

Capítulo 5

UNA semana más tarde, Novella dijo:

—Hay algo muy bueno, Lord Grimston se ha olvidado de mí.

Vale, quien estaba sentado frente a ella junto a la ventana, sonrió.

—¿De verdad lo cree posible?

—Por supuesto, nunca ha estado cerca de mí y podría jurar que ya no me rodea nadie por el jardín por las noches.

—En eso tienes razón— dijo Vale—. Pero, sin duda, es consciente de que Lord Grimston sólo está haciendo tiempo para ver qué sucede.

Novella lo miró sorprendida, sin comprender. Un momento después, él le explicó:

—Puede razonar por sí misma, que después de que escapara de él, gracias a usted, debió suponer que había informado a Londres de lo que estaba haciendo para que lo arrestaran.

—Sí... claro... ahora me doy... cuenta— respondió ella.

—Esperaba, me da la sensación de que es muy miedoso, sucediera eso— continuó Vale—. Y de pronto usted se va a Londres.

—Supongo que se enteraría por los hombres que tenía vigilando la casa y también, sin duda, tendrá agentes en la aldea que le cuentan todo lo que sucede.

Se estremeció, pero no dijo nada más y él prosiguió:

—Todavía no lo han arrestado y piensa que se ha salido con la suya. Además creerá que ni siquiera vigilan *los botes guinea* que llegan a su casa todas las noches.

Después de una pausa, Novella preguntó:

—¿Y qué pensará que sucedió con usted?

—Espera y reza porque mi herida fuera más seria de lo que fue.

—¿Así que dónde piensa que está usted ahora?

—¡Muerto!— respondió Vale de forma abrupta—. Tal vez todavía gravemente enfermo, sin poder hacer nada contra él. En palabras sencillas, el camino está libre y puede continuar con su detestable negocio y volver a verla a usted cuando lo desee.

Después de reflexionar unos momentos, Novella dijo:

—Comprendo su razonamiento. Usted cree que alguien le dijo que yo había ido a Londres por unos asuntos de papá y ahora, él cree que es verdad.

—Es lo que pienso— dijo Vale—, pero por supuesto, puede estar todavía esperándome, aun cuando dudo de que crea que puede encontrarme en esta casa.

Novella comprendió que todo lo que decía Vale era probable. En muchos sentidos era un alivio. Por otra parte, *los botes guinea* continuaban sus viajes y cada vez llegaba más y más oro a Francia.

—¿Qué podemos hacer?— preguntó.

—Nada— respondió Vale—, pero yo ya no puedo continuar encerrado aquí, necesito tomar el aire.

—¿No... no se... irá?

Al decirlo comprendió que si él se iba, se sentiría indefensa y desesperadamente asustada.

Se hizo el silencio, hasta que dijo con humildad:

—Pero, por supuesto, el Vizconde Palmerston y el Primer Ministro desearán verlo en Londres... y eso es más... importante que cualquier otra cosa.

—No puedo dejarla aquí indefensa— dijo Vale—, pero me es difícil saber qué puedo hacer para protegerla.

—Pero... yo pensaba... en usted— dijo Novella—, y se me... ocurrió que... si arrestan a... Lord Grimston... ya no sería... una amenaza... para usted... y además no saldría más dinero... de su casa hacia el Canal.

Las palabras surgieron titubeantes y cuando vio la expresión en el rostro de Vale, dijo:

—No he olvidado lo que... el Vizconde y el Primer Ministro... desean que... averigüe... pero no es posible que me... invite a cenar yo misma a la casa de Lord Grimston.

—¡No, por supuesto que no!— dijo cortante Vale—. Sólo tenemos que esperar un poco más. Entonces, si no sucede nada, me iré a Londres.

Novella sintió que la invadía una oleada de alivio. Sabía que cuando la dejara, se sentiría muy sola. Sentía por él algo muy especial, pero que no sabía poner en palabras. Había sido muy emocionante tener alguien con quien hablar aquellos días.

Él le había explicado muchas cosas de la Guerra que hasta entonces ella no entendía. También le había hablado de los fascinantes países que había visitado.

Había estado en Rusia. Sus descripciones de los Palacios del Zar y su familia y de muchas otras cosas que había visto allí, eran cautivadoras.

Cuando ya en la cama recordó todo aquello, se dio cuenta de que hablaba muy poco de sí mismo. Todavía no le había dicho dónde vivía, si tenía familia ni porqué se le conocía como «Uno-Cinco».

Por supuesto, tenía curiosidad por saber más cosas sobre él. No habría sido humana si no la tuviera. Pero era lo bastante inteligente para darse cuenta de que había algunas cosas que él no podía decirle. No deseaba hacerle preguntas a las que él no pudiera darle la respuesta.

Nanny insistía, muy estricta, en que todavía necesitaba descansar. También en que mantuviera su brazo en cabestrillo.

Mientras hacía sus tareas de la casa, Novella contaba los minutos para poder ir a la habitación de

Vale a charlar con él. Como temía aburrirlo, también jugaban a las cartas de vez en cuando. Recordaba los juegos a los que solía jugar de niña.

Un día, Vale había notado que había alguien en el jardín. Era evidente que Lord Grimston intentaba averiguar si Vale estaba dentro de la casa.

Dawkins había informado de que los comerciantes habían hecho preguntas. Sin embargo, la señora Dawkins era buena contrincante para las personas inquisitivas y las trataba como a impertinentes que debían ocuparse sólo de sus propios asuntos.

Días después, Novella estaba convencida de que la búsqueda ya había terminado.

La dificultad consistía en decidir cuál sería el siguiente paso.

Aquel día Vale ya se había vestido, por supuesto, con la autorización de Nanny.

Novella se había apresurado a ir a su habitación para enseñarle un libro que había encontrado en la biblioteca. Su tema era el contrabando durante el siglo XVII. Sabía que le divertiría e interesaría. Lo encontró sentado junto a la ventana.

—Tengo algo que enseñarle. Creo que le resultará fascinante— dijo.

—Lo que me resulta fascinante es verla— respondió él—, y le he dicho a Nanny con firmeza que es el último día que descansaré después de comer. Por la tarde, cuando todos los jardineros y trabajadores se hayan ido a casa, tengo intenciones de explorar su jardín.

—Eso será emocionante..., ¿está seguro de que no correrá peligro?

—Tomaré todas las precauciones— respondió Vale—, y me preguntaba si no tendrá alguna pistola de su padre que pueda prestarme.

—Por supuesto que la tengo— respondió Novella.

Él llevaba puesta ropa de su padre y, por fortuna, eran de la misma talla.

Novella pensó que estaba más apuesto que antes.

—¿Quiere que le traiga ahora mismo la pistola? Sé que hay tres abajo, son de duelo, mi padre las heredó y, creo, fueron usadas para practicar de joven. La otra es una pistola militar que dejó cuando se fue a Portugal.

—Me gustaría verlas todas. Pero no hay prisa. No puedo salir mientras haya Jardineros, pero admito que siento gran curiosidad por conocer sus caballerizas.

—Me gustaría que viera los caballos que llevé hasta Londres y también a *Heron*, el que monto todas las mañanas.

—Me suele dar envidia cuando la oigo montar— dijo Vale—, y siempre deseo poder acompañarla.

—Tal vez ahora que estamos libres de los espías de Lord Grimston podamos montar por las mañanas, cuando todavía no hay nadie.

—No dude de que lo pensaré— prometió él.

Novella le entregó el libro de contrabandistas y él apenas lo había abierto, cuando se presentó Dawkins.

Ante la sorpresa de Novella, entró en la habitación, cerró la puerta tras él y dijo:

—Lord Grimston está aquí, señorita Novella, ¿le digo que está usted ocupada y no puede recibirlo?

Novella miró a Vale, mientras la traspasaba un rayo de miedo. Durante un momento, Vale titubeó. Ella comprendió que deseaba que se negara a recibir a Lord Grimston.

Pero entonces dijo:

—Era lo que estábamos esperando. Significa que ya no estamos bajo vigilancia.

Novella lanzó un profundo suspiro.

—Muy bien— dijo.

Se volvió hacia Dawkins.

—Pase a Su Señoría al salón y dígale que me reuniré con él dentro de unos minutos.

Dawkins salió de la habitación.

Cuando ya no podía oírles, Vale dijo:

—Detesto que tenga que hacer esto, pero como prometió al Vizconde ayudarlo, tendrá que cumplir su palabra.

—Por supuesto que debo hacerlo pero, por favor, no se vaya... usted hasta que haya... aceptado... su invitación... hasta que vuelva de ella.

—Sabe que no lo haré— respondió Vale—. Es usted muy valiente, Novella, la más valiente de todas las mujeres que he conocido.

Ella alzó la vista hacia él y descubrió en sus ojos una expresión que no comprendió.

Salió de la habitación y mientras bajaba, sentía como si se dirigiera a la guillotina. Al abrir la puerta del salón vio a Lord Grimston de pie frente a la chimenea. Le pareció más desagradable que la última vez que lo había visto.

—¿Cómo está, Novella?— preguntó mientras ella se acercaba—. Debe disculparme si me he retrasado un tanto en volver a visitarla, pero he estado muy ocupado.

Novella sabía que era mentira, pero sólo dijo:

—Creo que todos lo sabemos.

—Espero que su madre esté mejor— dijo cortés Lord Grimston.

—Me temo que no estará realmente bien hasta que papá regrese de la Península— respondió Novella—. Le preocupa que puedan matarlo y, como estoy segura de que usted sabe, las más recientes noticias del Ejército de Wellington no son muy alentadoras.

Al decirlo no lo miró.

Temía que él pudiera ver en sus ojos el odio que le tenía por lo que estaba haciendo. Estaba prolongando la Guerra al proporcionar oro a Napoleón para que pudiera comprar más armas.

—Bueno, no debemos desanimarnos por cómo están esas cosas y creo, querida Novella, que necesita alegrarse. Por eso quiero hacerle una invitación que espero me acepte.

—¿Qué invitación? —preguntó ella.

—Daré una cena en honor de un amigo mío, de quien habrá oído hablar. Es Sir Reginald Kershaw, que posee una gran finca en Romney, como a cinco o seis kilómetros de aquí.

—No creo... haber... oído... hablar de él— dijo Novella, elevando una ceja.

—Heredó la finca hace dos años y es muy rico, creo que le agradará conocerlo, y también a otros amigos míos.

—Es usted... muy amable— dijo Novella—, pero mamá jamás me permitiría... aceptar su invitación... a menos que lleve una dama de compañía... apropiada.

—Por supuesto que la tendrá— respondió Lord Grimston—. Resulta que mi tía, Lady Newcombe, se hospedará conmigo y después proseguirá hacia Brighton, donde se reunirá con el Príncipe Regente.

Sonaba muy respetable y Novella sólo pudo decir:

—Es usted muy amable, señor y estoy encantada de aceptar.

—Me alegra mucho— dijo Lord Grimston—, y sé que no sólo embellecerá mi mesa, sino también deleitará a mis amigos con su hermosura.

Detectó una extraña nota en su voz que junto a la mirada de sus ojos la hicieron sentir miedo.

—¿Cuándo... será... la cena?— preguntó.

—Enviaré un carruaje a recogerla mañana por la noche, ya que sé que no deseará que su viejo palafrenero la lleve de noche— respondió Lord Grimston—. Y, sin duda, no querrá conducir usted misma, como sé que hace con gran habilidad, vestida con traje de gala.

Se rió como si fuera un chiste muy divertido, pero aquello indicó a Novella que sabía que ella misma había conducido en el viaje a Londres.

Tuvo que admitir que tenía razón al pensar que ella no deseaba que el viejo Abbey la llevara por la noche. Estaba perdiendo la vista y no le gustaba conducir cuando había oscurecido.

—Mi carruaje llegará aquí a las siete de la tarde— dijo Lord Grimston—, y contaré las horas hasta entonces.

Se inclinó al decirlo y le cogió la mano. De pronto, sin que ella pudiera evitarlo, se la llevó a los labios. Al sentir su dureza sobre la suavidad de su piel, ella se estremeció y trató de retirar su mano. Pero Lord Grimston no se la soltó.

—¡Es usted adorable, Novella!— dijo con voz gruesa—. No sólo deseo mirarla, si no también hablar con usted cuando tenga oportunidad.

Sin motivo aparente, sus palabras sonaban siniestras. Con un esfuerzo casi sobrehumano Novella se contuvo de decirle que rechazaba su invitación, que lo detestaba. En cambio, logró liberar su mano sin parecer grosera.

—Gracias... muchas gracias... por la invitación. Es usted muy... amable al invitarme a su... casa, que nunca... he visto.

—Deseo mostrársela, y también muchas otras cosas.

No había duda de la insinuación que encerraban sus palabras. Como Novella no podía tolerar más su proximidad, se alejó un poco mientras decía:

—Voy a contarle a mamá su amable invitación. Estoy segura de que le habría gustado saludarlo, si estuviera bien.

—Recuerdo que su madre siempre fue muy bella, pero no tanto como usted, querida. De hecho, es usted única en muchos sentidos pero ya hablaremos de ello más adelante.

Novella sintió como si la amenazara y dio un paso atrás.

—Gracias— dijo—, pero no debo entretenerlo... ya que sé que está... muy ocupado.

Las palabras le salían con torpeza de la boca.

Lord Grimston se había dado cuenta de que la había asustado. Había una expresión desagradable en su mirada que Novella no quiso interpretar.

—De una cosa puede estar segura, Novella, jamás estaré demasiado ocupado para usted.

Al fin empezó a caminar hacia la puerta.

—Dé mis respetos a su madre y dígale que estoy seguro de que el General regresará pronto a casa.

Salió al vestíbulo, pero Novella no lo siguió. Durante un momento sintió como si sus piernas no fueran a sostenerla. Entonces se dijo que debía ser sensata.

Tal vez durante la cena consiguiera enterarse de algo que interesara al Vizconde Palmerston.

Esperó hasta que oyó las ruedas del carruaje de Lord Grimston deslizarse sobre la grava. Cuando finalmente se hizo el silencio, comprendió que se había ido. Habían obtenido una victoria: era evidente que él ya no pensaba que Vale estaba oculto en la casa. Por otra parte, sentía miedo por lo que le esperaba.

«Todo lo que tengo que hacer», intentó asegurarse a sí misma, «es ser sensata y mantener abiertos ojos y oídos ante algo que pueda ayudar a conducirlos a él y a su banda ante la Justicia».

En aquel momento le parecía una tarea imposible. No podía evitar sentirse pequeña e incapaz. Además, sentía miedo de Lord Grimston como hombre. No era por lo que decía, pero había algo en el tono de su voz y en la expresión de sus ojos que la inquietaba. La hacía sentir como si intentara apoderarse de ella y no pudiera escapar.

Entonces se recordó que lo que estaba haciendo salvaría vidas de soldados ingleses. Hombres que luchaban desesperados contra un monstruo que había conquistado casi todos los países de Europa. Si podía salvar cuando menos la vida de un hombre al asistir a la cena de Lord Grimston, ¿cómo podía negarse a hacerlo?

Nanny se asombró cuando Novella le dijo lo que iba a hacer.

—¿Cenar con Lord Grimston?¿Qué se propone usted al hacer tal cosa? ¡Su padre jamás lo aprobó!

—Lo sé, Nanny, pero hay razones por las que debo ir.

—¿Qué razones?— preguntó de forma abrupta Nanny.

—Cuando fui a Londres, el Vizconde Palmerston, Ministro de Guerra, me pidió que fuera a la casa de Lord Grimston.

—¿Para qué?

—Por si puedo ver o escuchar algo que sirva de prueba a quienes intentan terminar con los contrabandistas.

—¡Contrabandistas! ¿Qué tiene usted que ver con ellos, quisiera yo saber? ¡Es una vergüenza como se comportan! Como he dicho sin cansancio en la aldea, es horrible y vergonzoso que los jovencitos crucen a escondidas el Canal, cuando debían estar acostados en sus camas.

—Estoy de acuerdo contigo, Nanny— dijo Novella—, y he oído, aunque por supuesto puede ser falso, que Lord Grimston está muy involucrado en eso.

—Si Su Señoría es responsable, ¡entonces espero que alguien lo arroje al mar y se ahogue!¡Pero ésa no es razón para que usted se mezcle en algo tan desagradable!

—Creo que es algo que papá desearía que hiciera. Pero estoy segura, Nanny, de que sería un gran error contar a mamá a dónde voy.

—No le gustaría nada, eso está claro— estuvo de acuerdo Nanny—, y no quisiera perturbar a su pobre madre a menos en este momento en que se siente mucho mejor al tener a la señorita Graham para charlar con ella.

—Iba a pedirte que tampoco se lo digas a ella— dijo Novella—, pero, por supuesto, contigo jamás guardo un secreto.

Era mero halago, pero sabía que a Nanny le agradaría.

—Oh, está bien— dijo reacia Nanny después de un momento—. La ayudaré a arreglarse y mantendré en secreto a dónde va. Pero apresúrese a volver y no permanezca ni un segundo más cuando, todos los demás se hayan retirado.

—No, por supuesto que no— dijo Novella—. Jamás pensaría en hacer una cosa así.

—¡No confío en ese hombre, nunca lo he hecho!— dijo Nanny—. Es una mala pieza, por lo que sé, así que tenga cuidado de no quedarse a solas con él.

—¡Por supuesto, no lo haría ni loca!

A regañadientes, Nanny sacó uno de los mejores vestidos de noche de Novella de su guardarropa para plancharlo. La noche siguiente, antes de cambiarse, Novella acudió a dar las buena noches a su madre.

—Nanny dice que estás cansada, mamá— dijo—, así que no subiré a molestarte después de la cena.

—He disfrutado mucho hoy— dijo lady Wentmore—. La señorita Grahan y yo hemos estado hablando de las fiestas que te hicimos de pequeña y qué cantidad de niños de tu edad, había entonces en las cercanías. ¡No puedo imaginar qué habrá sido de ellos!

—Los varones están en el Ejército— respondió Novella—, y la mayoría de las mujeres se han casado y viven en otros lugares.

—Es lo que espero que hagas tú algún día, mi amor. Debes encontrar alguien tan encantador y apuesto como tu querido papá, aunque me temo que será difícil.

—Muy difícil, mamá.

Dio a su madre un beso de buenas noches y se apresuró a ir a su dormitorio. Nanny la esperaba para ayudarla a vestirse. Cuando estuvo lista pensó que estaba bastante elegante con su bonito vestido de muselina blanca y los lazos plateados que le cruzaban sobre el pecho y le caían por la parte de atrás.

Se dirigió a la habitación de Vale.

Habían estado por el Jardín media hora antes, igual que el día anterior. Comprendía, con un dolor en el corazón, que ya nada lo detendría de partir a Londres. Estaba de pie junto a la ventana cuando ella entró. Se dio la vuelta y ella pensó en lo apuesto que estaba con la ropa de su padre.

Tenía las puntas del cuello alzadas hasta la barbilla.

—Estoy... lista... para irme— dijo en voz muy baja—, y, por favor... rece por mí mientras... estoy ausente... porque estoy asustada... y temo que todo... esto sea para... nada.

—No puede hacer más que intentarlo— respondió Vale—, pero puede estar segura, Novella, de que rezaré porque esté a salvo.

La miró de nuevo, como si hablara para sí mismo.

—Es demasiado hermosa para cenar con un cerdo como Lord Grimston. Desearía que cenara conmigo.

Novella sintió que se le aceleraba el corazón mientras deseaba que aquello fuera posible. Se sintió turbada por sus propios pensamientos y dijo:

—Tendríamos... una dama de compañía... con nosotros... y si fuera... cerca de aquí... serían Nanny... o la señorita Graham.

Vale se rió.

—Estaba pensando en invitarla a salir a cenar en Londres, lo cual por supuesto, sería muy incorrecto, a menos que nos acompañara su grupo.

—Me encantaría ir a una fiesta de verdad en Londres, pero como es algo muy improbable, tendré que... conformarme con la de... Su Señoría.

—Eso es algo muy diferente. Preste mucha atención a lo que dicen y trate de ver si hay alguna intención oculta detrás de las palabras comunes.

—Escucharé muy cuidadosamente— prometió ella—, pero desearía... que viniera usted... conmigo.

Vale sonrió.

—No lo olvide; Su Señoría cree que estoy muerto y que no tiene nada que temer de mí.

—Tendré mucho... mucho cuidado— respondió Novella.

—¡Pero, más que nada, cuídese usted!— enfatizó Vale.

Para su sorpresa, cruzó la habitación en dos zancadas, le puso la mano bajo la barbilla y le hizo levantar el rostro hacia el de él.

—Es demasiado adorable para que se vea metida en este tipo de cosas— dijo con la voz ronca—, ¡y demasiado jovencita!

Con el contacto, Novella sintió que la recorría un estremecimiento. La miraba de una forma que ella no comprendía y se volvió hacia la puerta.

—Buena noches— dijo ella—, y... no se... preocupe... por mí.

—No dude de que lo haré— respondió Vale.

Su voz era dura y, le pareció a ella, también indignada.

Todavía muy consciente de su contacto, salió de la habitación y bajó la escalera. Nanny había encontrado una capa de terciopelo, que pertenecía a su madre y la tenía lista en el vestíbulo.

Cinco minutos después, mientras esperaba en el salón Novella oyó el sonido de un carruaje que se acercaba. No esperó a que Dawkins le avisara, salió y vio que habían enviado por ella un elegante carruaje.

Tiraban de él dos caballos y en la puerta estaba inscrito el emblema de Lord Grimston.

Dawkins le echó la capa sobre los hombros.

Mientras bajaba la escalinata, el palafrenero bajó, le abrió la puerta del carruaje y ella subió. Al hacerlo vio que era mucho más lujoso que cualquiera de los que había poseído su padre.

También sabía que su madre y ella habían tenido que economizar debido a la Guerra.

Lord Grimston, sin embargo, amasaba una fortuna en artículos de contrabando llevados de Francia.

Al pensarlo se indignó tanto que se sintió invadida por la ira. Se dijo que, sucediera lo que sucediera, debía entregarlo a la Justicia.

«¡Lo detesto, lo desteto!» pensó, recordando que era lo mismo qué había dicho la primera vez que lo vio.

Le pareció que las ruedas del carruaje que la conducían hacia la casa de Lord Grimston repitieran, una y otra vez:

«¡Lo detesto, lo detesto!¡Lo detesto, lo detesto!».

Capítulo 6

LA casa de Lord Grimston era mucho más grande de lo que Novella esperaba. Pero al mirar a su alrededor pensó que no estaba amueblada con buen gusto.

Sin embargo, mientras seguía al mayordomo a través del enorme vestíbulo, se dio cuenta de que había un número excesivo de Sirvientes.

El salón, para su sorpresa, estaba arriba, en el primer piso. Al entrar vio que era una habitación muy grande, con ventanas que miraban hacia el mar. Ya estaba allí reunido un grupo de gente. En cuanto la anunciaron, Lord Grimston se acercó a ella.

Novella vio que hasta con ropa de etiqueta, con la cual ella siempre había admirado a su padre, resultaba desagradable.

Mientras le apretaba la mano y la retenía más de lo debido, reconoció que estaba muy asustada, al mismo tiempo que lo detestaba más de lo que había imaginado hasta el momento.

La presentó a los demás invitados.

Primero a su tía, Lady Newcomb, una mujer de avanzada edad. Para sorpresa de Novella, estaba espesamente maquillada con las pestañas muy oscurecidas, las mejillas de color rosa y los labios rojos.

—¡Así que ésta es la bonita pollita de las que nos has estado hablando, Herbert!— dijo con voz cascada.

Uno de los invitados se rió.

Resultó ser Sir Reginald Kershaw, que no era en absoluto el tipo de hombre que Novella había supuesto que sería. Tenía el aspecto de un oficinista de segunda.

Más tarde, se enteraría de que, en efecto, había trabajado en uno de los Ministerios de Londres antes de retirarse.

Había otros cuatro hombres presentes, todos de edad madura y que vivían en las cercanías. Uno tenía una casa en Dover, otro, como Sir Reginald, en Romney. Los otros dos indicaron que vivían cerca, por el camino de la Costa.

Todos bebían champán.

Como Novella sólo lo había probado durante Navidad, lo bebió en lentos y pequeños sorbos. Todos reían de chistes que ella no comprendía.

Continuaron bebiendo durante largo tiempo y ella pensó que parecía muy poco probable que terminaran diciendo algo que resultara de interés al Vizconde Palmerston.

Cuando se dirigian a cenar, Lady Newcomb se sentó al final de la mesa.

Novella se encontró sentada a la derecha de Lord Grimston. No cesaba de dirigirle exagerados cumplidos con su voz ronca.

Mucho antes de que terminara la cena empezó a sentirse más y más asustada y tuvo el deseo de poder retirarse lo más rápido posible. Sin embargo, sirvieron una enorme cantidad de platos. La comida era excelente, pero Novella se dio cuenta, conforme servían plato tras plato, que casi todos eran franceses. Bebían champán francés, después vino francés, y al final, brandy francés. Sirvieron paté, que sólo habría podido llegar de Francia.

Otro plato tenía trufas, que ella reconoció aunque nunca las había comido. Estaba segura de que también habían cruzado el Canal. Le pareció que los hombres comían demasiado. A ella le resultó imposible tomar más de un bocado de cada plato que le ofrecían.

Lord Grimston, que la observaba, dijo:

—Veo que está muy delgada, Novella. ¿Es porque está a dieta, como tantas otras mujeres, o es porque no disfruta en casa del mismo tipo de comida que tenemos aquí?

—¡Por supuesto que no estoy a dieta!— respondió Novella—, y, la comida, señor, está deliciosa. Pero ahora que mi Padre está ausente, no acostumbramos a tener comidas abundantes.

—Pues yo se las ofreceré cuando venga usted aquí— dijo Lord Grimston.

Lo dijo como si pensara que fuera algo que iba a suceder con frecuencia y con dificultad Novella consiguió no estremecerse.

Oyó a Sir Reginald, que estaba al otro lado de Lord Grimston, decir:

—Tu comida me parece excelente y también estoy muy agradecido por la que puedo disfrutar en mi casa.

Novella se dio cuenta de que bajaba la voz al decir las últimas palabras. También dirigió a Lord Grimston una mirada especial. Ella se sintió segura de que él era parte del grupo de contrabandistas que intentaba identificar.

Los cuatro sirvientes que los atendían llenaban las copas cada vez que los hombres tomaban un sorbo de vino. Para el final de la cena, los caballeros tenían la voz enronquecida. También parecían hablar más fuerte y reían, sin cesar de sus propios chistes.

Al otro extremo de la mesa, Lady Newcomb también se reía. Novella la vio dar una palmada en la mano del hombre que tenía a su derecha. Era como si le llamara la atención por algo que él le hubiera dicho, por algo muy atrevido.

«Detesto esta reunión», pensó Novella y cuanto antes pueda regresar a casa, mejor».

De pronto recordó que debía estar más atenta a lo que decían.

Si Sir Reginald estaba asociado con Lord Grimston, pensó que era muy probable que los demás también lo estuvieran. Uno de ellos levantó su copa para decir:

—Creo que todos deberíamos brindar por nuestro anfitrión y estarle muy agradecido por todas las amabilidades que nos ha brindado.

—¡Salud, salud!— respondieron los demás.

Lord Grimston se arrellanó sobre su sillón con una sonrisa de satisfacción en su rostro.

—Pueden darme de nuevo las gracias cuando regresen a casa— dijo.

A Novella le pareció que surgía un brillo de excitación en los ojos de los hombres que le escuchaban. Entonces levantaron de nuevo sus copas y bebieron hasta que quedaron vacías.

Más tarde, mientras bebían brandy, mostrándose un tanto reacia, Lady Newcomb. dijo:

—Creo que nosotras, las Damas, deberíamos regresar al Salón.

—No tardaremos en reunirnos con ustedes— dijo Lord Grimston.

Novella, que hacía tiempo deseaba hacerlo, se puso de pie rápidamente. Cuando pasaba junto a Lord Grimston, él le cogió una mano.

—No la abandonaré más de lo que sea indispensable, bella mía— dijo—, porque tengo mucho que decirle.

Novella sintió el deseo de responder que quería irse a casa, pero consideró que sería un error decirlo en aquel momento. Así que salió del comedor detrás de Lady Newcomb, cruzaron el vestíbulo y subieron la escalera.

Cuando llegaron al salón, vio que habían encendido dos enormes candelabros de cristal. Novella tuvo que admitir que resultaba atractivo, pero en absoluto tan bonito como el salón de su madre.

Cruzó la habitación hacia la ventana. No habían cerrado las cortinas, y las estrellas comenzaban a surgir por encima del mar. La luna desplegaba sus rayos sobre las olas. Era de una hermosura exquisita.

Resultaba difícil admitir que los hombres que estaban abajo utilizaban aquel mar para hacer dinero y que eran traidores a su patria.

Como no deseaba pensar en ello en aquel momento, Novella se dio la vuelta. Descubrió, para su sorpresa, que estaba sola en el salón. Pensó que tal vez Lady Newcomb hubiera ido a arreglarse.

Sin embargo, pasaron los minutos y no reapareció. Novella se preguntó si se habría ido a dormir sin dar las buenas noches. En aquel caso, pensó incómoda, no tenía dama de compañía.

«En cuanto los caballeros regresen del comedor, diré que debo irme», pensó.

Se acercó de nuevo a la ventana para ver las estrellas y el mar. Le pareció que había pasado un largo rato, aunque debió de ser sólo un cuarto de hora, cuando oyó voces de hombres. Al fin salían del comedor.

Permaneció de pie esperando, le resultaba imposible sentarse.

Después de unos minutos empezó a andar por la habitación, mirando los cuadros, entre los que no encontró ninguno de algún pintor famoso. Después revisó una gran vitrina, donde había una indiscriminada colección de porcelana.

Su madre le había enseñado a reconocer antigüedades cuando las veía. Tuvo la sensación de que todo lo que había allí lo había adquirido Lord Grimston en fecha reciente. Nada había pasado de una generación a otra a través de los siglos, como había sucedido en su hogar.

Al fin, cuando empezaba a pensar que la habían olvidado, se abrió la puerta. Entró Lord Grimston. Ella se dio la vuelta para decir:

Creo, señor, que su tía se ha retirado a dormir, así que debo volver a casa.

—No hay prisa— dijo Lord Grimston con su voz gruesa, mientras avanzaba hacia ella—. Ya he despedido a los demás invitados para tener la oportunidad de hablar a solas con una joven y bella damita.

Novella contuvo el aliento.

—Es algo que mi madre desaprobaría— contestó con rapidez—, así que por favor, señor, ¿puedo irme ya?

—Como le he dicho, no hay prisa. He contado las horas hasta que llegara este momento, para poder decirle lo adorable que es.

Novella se estremeció. La miraba de una forma que la asustó más que nunca.

—Por favor... por favor— rogó—, debo irme... mi madre me... espera.

—¡Así que la asusto!— dijo Lord Grimston.

Su forma de decirlo le indicó a Novella que aquello le complacía. Entonces, con inesperada rapidez, la cogió entre sus brazos y la ciñó con fuerza.

—¡Me excita!— dijo—. ¡Su belleza y su inocencia me resultan irresistibles!

Novella se dio cuenta con horror de que estaba a punto de besarla. Forcejeó y trató con todas sus fuerzas de alejarlo de ella.

—Así que quiere luchar, ¿no?— preguntó él con una risilla—. ¡Bueno, lo disfrutaré!¡Pero puede estar segura, mi palomita aleteante, de que yo seré el triunfador!

—¡Déjeme... en... paz! ¡No... me... toque!— exclamó Novella.

Con una sonrisa en sus labios gruesos, él la apretó más y más contra él. Sus brazos eran como bandas de acero y ella quedaba completamente indefensa en su abrazo. La apretó con tal fuerza contra su pecho, que ella apenas podía respirar. Entonces, cuando él comenzó a buscar con sus labios los de ella Novella comenzó a mover la cabeza de un lado a otro para impedir el contacto. Finalmente, cuando sintió su boca contra su mejilla, lanzó un grito de terror.

En aquel momento se abrió la puerta y la voz de un hombre dijo:

—¡Buenas noches, *cher ami!* Le traigo *cagtas* muy *impogtantes, voilá!*

Un hombre pasó por delante del sirviente que había abierto la puerta y entró a la habitación. Llevaba puesta una larga capa negra y un sombrero negro de ala ancha y material suave que le cubría parte del rostro.

En la mano que tenía estirada había dos cartas. Llevaba un gran bigote rizado que parecía muy adecuado a su aspecto de extranjero.

Lord Grimston fue tomado por sorpresa y aflojó el brazo con que sostenía cautiva a Novella. Ella aprovechó para apartarse de él con rapidez.

Para entonces, el francés ya estaba en medio de la habitación y el sirviente había cerrado la puerta.

—¿Qué sucede? ¿Quién es usted?— empezó a preguntar Lord Grimston.

—Sus *cagtas, Monsieur*— *dijo* el francés, poniéndolas en su mano—, y también tengo otro mensaje *paga* usted.

Al decirlo, inclinó la cabeza hacia Lord Grimston, que lo miraba. De improviso, le dirigió un puñetazo a la barbilla, que lo levantó del suelo. Luego se desplomó.

Fue tal su sorpresa, que Novella lanzó una tenue exclamación de horror.

Entonces, en voz baja, el francés dijo:

—Todo está bien, mi amor, pero guarda silencio. No deseamos atraer la atención.

¡Era Vale! ¡Vale!

Por supuesto, Novella no lo había reconocido.

Lo vio sacar un pañuelo de seda de su bolsillo, con el cual amordazó a su víctima, que estaba inconsciente. Entonces, con rapidez, le ató muñecas y tobillos con sogas que sacó del interior de su capa.

Movió ligeramente el sofá que estaba junto a la ventana.

Arrastró el cuerpo detrás de él y volvió a colocarlo en su lugar.

Sonriente, se dirigió hacia Novella.

—¡Está... usted... aquí! ¡Está... usted... aquí!— susurró ella con incoherencia—. ¡Estaba... tan asustada... y de pronto... aparece usted!

—Debio tener confianza en mí— dijo Vale—, y ahora, ¡tenemos que salir de este lío!

La miró.

Ella tenía los ojos muy abiertos, pero ya no con la expresión de temor que tenían cuando él entró, sino de asombro. Inclinando la cabeza, él le tocó con ternura los labios con los suyos. Algo como un rayo de luz la recorrió. Pero antes de que pudiera comprender que Vale la había besado, él dijo:

—Ahora escucha, amor mío, tenemos que salir de la casa y si los, sirvientes que están abajo comprenden quien soy, ¡me matarán! Así que sígueme la corriente en todo lo que te diga y muéstrate contenta, como si te divirtieras.

Era una orden.

Novella intentó concentrarse en lo que él le estaba diciendo y olvidó la sensación de éxtasis que había hecho que le diera un vuelco el corazón.

Él se bajó un poco más el ala del sombrero sobre la cara y caminó hacia la puerta.

—Ahora, sonríe— ordenó—, y haz corno si te despidieras de nuestro anfitrión.

Abrió la puerta mientras lo decía, y agregó con voz muy alta y acento francés:

—Buenas noches, *mon ami*. Disfrute sus *cagtas* y ya hablaremos de ellas mañana.

Novella agitó su mano mientras decía:

—Buenas noches, señor y muchas gracias.

Le pareció que su voz sonaba bastante natural aun cuando, debido a que estaba muy nerviosa, estaba temblando.

Vale cerró la puerta tras ellos y bajaron sin prisa la escalera. Cuando llegaron al vestíbulo, Novella vio que había cuatro sirvientes.

Eran el mayordomo y tres lacayos, todos demasiado fuertes y rudos para ser Sirvientes comunes.

Vale se dirigió al mayordomo.

—*Monsieur*, su Amo, me ha pedido que lleve a *Mademoiselle* a su casa. El está muy ocupado con las *cagtas* y dice que no lo molesten hasta que él los llame, ¿entendido?

—Entiendo, señor— respondió el mayordomo.

—*Llevagué a Mademoiselle*— dijo Vale, sonriendo bajo su bigote—, en mi bote. Un *caguaje* nos *espega* en la Costa. Señaló hacia el oeste.

—Si me acompañan, señor, les indicaré el camino— dijo el mayordomo.

Se adelantó y Vale dijo:

—Ah, *oui, recuegdo pog* dónde llegué.

Avanzaron por un largo pasillo, después cruzaron una pesada puerta que daba a unas escaleras de bajada muy inclinadas.

Novella se dio cuenta de que terminaban al nivel del mar.

Al llegar, había visto que la casa de Lord Grimston estaba construida en un acantilado sobre el mar.

Pensó que originalmente debió ser una Torre de Vigilancia o una Fortificación a la cual se le había añadido más tarde el resto del edificio.

Empezaban a bajar los escalones, cuando Vale dijo, al mayordomo:

—Bien, podemos *seguig* solos. Muchas gracias *pog* sus atenciones.

Depositó dinero en la mano del hombre, que lo cogió con codicia y ya no los siguió escaleras abajo.

Novella sintió que Vale le cogía de la mano y cerraba sus dedos sobre ella. Temblaba, sabía que los hombres del vestíbulo habrían disparado contra Vale de haberse dado cuenta de quién era. Comprendiendo que todavía estaban en peligro, Vale apretó el paso.

Había luz suficiente para ver por dónde avanzaban. Provenía de una lámpara que había en el arranque de la escalera y de la luz de la luna. Novella vio que los escalones más bajos terminaban en una amplia caverna marina.

Había un bote con doce remeros en lo que era un Muelle perfectamente oculto. Debió ser construido especialmente para el contrabando.

Al verlos aparecer, uno de los hombres bajó del bote.

—¿Va todo bien, Tom?— le preguntó Vale en voz baja.

—Ya están encerrados bajo llave, señor— respondió el hombre—, y hemos cambiado lo que tenían aquí por lo que hemos traído.

—¡Bien! —dijo Vale.

Alzó a Novella en brazos y la depositó con suavidad en el bote. Entonces subió él y se sentó a su lado. El hombre con quien había hablado saltó dentro y cogió un remo. Sin esperar la orden de Vale, empezaron a maniobrar para salir de la caverna.

Novella vio que había una gran cantidad de cajas en el fondo de la embarcación. Cuando el bote salió de la caverna, se dio cuenta de que estaban cerradas. Los doce hombres empezaron a remar a gran velocidad, primero hacia el horizonte y después rumbo al sur.

Vale no hablaba, pero mantenía la mano de Novella entre la suya. Ella no dejaba de pensar en cómo, de milagro, la había salvado de las garras de Lord Grimston.

Por otra parte, le parecía increíble que estuviera realmente allí. Se había disfrazado de francés y había cientos de preguntas que ella deseaba hacerle.

En aquel momento, sin embargo, sentía todo como si fuera un sueño. Nada era real, excepto la presión que ejercían los dedos de Vale sobre los suyos.

Remaron cerca de media hora antes de llegar a la Costa. Habían alcanzado una pequeña bahía, al parecer vacía. Los remeros condujeron el bote hacia la playa y Tom fue el primero en saltar.

Llevaba puestas unas botas altas de pescar y se acercó por el agua hacia donde estaba sentada Novella.

—Tom te llevará a tierra— dijo Vale con voz suave.

La cogió en brazos y la llevó hasta la arena. Un minuto después Vale se reunió con ella. Llevaba en la mano una bolsa pequeña, ella adivinó que contenía dinero.

Se la entregó a Tom, mientras decía:

—Gracias, Tom, por haber propinado un golpe tan brillante a ese grupo de sucios traidores. Espero que los cuelguen por lo que han estado haciendo durante demasiado tiempo.

—Yo también lo esperó, señor— dijo Tom—, y gracias en nombre de todos.

Vale le estrechó la mano y se despidió; para sorpresa de Novella, la cogió en brazos. La llevó por la playa y después por una pequeña vereda que conducía a un arrecife, no muy alto.

Cuando llegaron a él, vio que los estaba esperando un carruaje tirado por cuatro caballos. Al verlos, el palafrenero bajó del pescante y abrió la puerta del vehículo. Vale dejó suavemente a Novella en el asiento y después se sentó a su lado. La puerta se cerró y emprendieron la marcha.

Entonces, mientras él se quitaba el sombrero y el bigote falso, Novella exclamó:

—¡Me... has salvado! ¡Oh... Vale! ¿Cómo... has logrado... hacerlo?

Las palabras se le atropellaron en los labios y como si todo aquello hubiera sido demasiado terrible para ella, empezaron a rodarle lágrimas por las mejillas.

Vale la rodeó con sus brazos.

—Ya está todo bien, mi amor. Ya ha terminado. Hemos triunfado y antes de que ese malvado recupere el sentido, habrán llegado los soldados y no se librará ninguno de ellos.

—No... no... comprendo— dijo entre sollozos Novella—, sólo... sé... que estás... aquí. ¿Cómo has podido... ser tan... inteligente... y llegar... cuando te... necesitaba?

Al decirlo se le quebró la voz, pero Vale no respondió. Simplemente le pasó una mano por la barbilla y la hizo levantar el rostro hacia él.

Entonces la besó.

No con ternura como lo había hecho antes, sino posesivo y con fiereza, como si temiera perderla.

Poco después, Novella ya no lloraba. En cambio, palpitaba con un éxtasis que jamás había conocido hasta entonces, por lo maravillosos que eran los besos de Vale.

No sólo la besó en los labios, sino también en los ojos, la pequeña nariz recta, las mejillas y después, de nuevo, se apoderó de su boca.

—¡Te amo!— dijo—.¡Dios, como te amo, y pensaba que no podría decírtelo jamás!

—¿Por... qué?— preguntó Novella.

—No tenía nada que ofrecerte, mi amor. No era más que un hombre que si daba un paso fuera del refugio que tú le brindabas, habría muerto de una forma ignominiosa.

—No... puedo... tolerar... pensar en ello— murmuró Novella—. Pero ahora..., ¿te sientes bien? ¿No te ha molestado el brazo... con el esfuerzo que has hecho esta... noche?

Vale no respondió y después de un momento, ella agregó:

—¡Esos... hombres... pudieron... dispararte... de nuevo!

—Tenía que correr el riesgo— dijo con voz tranquila Vale—. Ahora estamos a salvo y los hombres de Grimston ya no me buscarán más.

—¿Estás... estás... realmente... seguro?— preguntó Novella.

De nuevo se sintió asustada y apoyó su mano sobre el pecho de Vale, como para protegerlo.

—Todo va bien, amor mío.

—¡Pero los... hombres de Lord Grimston... pudieron reconocerte!

—Eras tú quien podía haberlo hecho— dijo él con voz tierna—, y al mostrar tu sorpresa, delatarme.

—Pero... me has engañado completamente. ¿Cómo iba a imaginar ni siquiera por un momento, que te ibas a presentar en casa de Lord Grimston, cuando sabías que intentaba... matarte?

Ahogó un sollozo antes de añadir:

—Pero has actuado de una forma tan brillante... que él era imposible que te reconociera.

Vale se rió.

—Estoy bastante orgulloso de mí mismo.

—Pero... has ido... solo y cualquiera de... esos hombres podía haber... sospechado... que eras... tú— murmuró Novella.

—Confiaba en mi Ángel de la Guarda que, por supuesto, eres tú, para que me salvara— dijo Vale—, y no sólo has hecho eso, mi amor, ahora el Vizconde

Palmerston y el Primer Ministro estarán muy contentos con nosotros.

—Estoy segura de que los hombres que estaban en la cena forman parte de la *banda* de Lord Grimston— dijo Novella—, pero no podría demostrarlo.

No es necesario que lo hagas— indicó Vale—. ¡Estoy seguro de que cada uno de ellos se llevó a casa una caja de champán o de brandy! Cuando los soldados los arresten, encontrarán artículos de contrabando en su posesión.

—¡Oh, qué inteligente eres, qué inteligente!— exclamó Novella.

—Es lo que deseo que pienses— dijo Vale—. Pero de lo que me siento más orgulloso es de haberte librado de ese demonio antes de que pudiera besarte.

—Yo... yo... intentaba escapar de él... pero es... tan fuerte— susurró Novella.

—Ahora dime que soy el único hombre que te ha besado.

—No tenía ni idea hasta que me has besado, de que un beso pudiera ser... tan maravilloso— dijo con suavidad Novella.

Entonces Vale la besó de nuevo. La besó hasta que ella sintió como si la luna y las estrellas hubieran invadido el carruaje y estuvieran girando dentro de su pecho.

Todos sus sueños se habían vuelto realidad.

Capítulo 7

LARGO rato después, Novella se agitó entre los brazos de Vale y preguntó:

—¿No deberíamos haber llegado ya a casa?

—No vamos a tu casa— respondió él.

Ella lanzó una exclamación ahogada de sorpresa.

—Mamá... se va a preocupar si no vuelvo.

—Ya le he dicho que te iba a llevar a mi casa— dijo Vale.

—¿Se lo has explicado? ¿Entonces, le has dicho que estaba cenando con Lord Grimston?

—Le dicho que habías ido a cenar con él porque creías que así ayudabas a Inglaterra en la Guerra.

Ella ha respondido enseguida que estaba segura de que era lo que tu padre desearía que hicieras.

Novella lanzó un suspiro de alivio.

—Sin embargo tengo la sensación— dijo inquieta—, de que se pondrá nerviosa cuando vea que no llego a casa.

—No puedo correr el riesgo de que algún hombre de Lord Grimston logre librarse del arresto— le explicó Vale—, y se presente allí a buscarnos a ti y a mí.

—Había olvidado que podrían hacerlo— dijo Novella. Al sentirse asustada, se aferró a la solapa de la chaqueta de Vale y dijo:

—Estás a salvo... prométeme... que estarás a salvo... y que no te volverán... a atacar.

—Lo creo muy poco probable y mucho menos en donde voy a llevarte.

—¿A dónde me llevas?— preguntó Novella—. Estoy... tan confundida por todo lo que ha sucedido... tu disfraz de francés, el bote y ahora este elegante carruaje..., que no he podido... pensar.

—En lo único que deseo que pienses— dijo Vale—, es en que te amo.

Le besó la frente mientras se lo decía. No fue un beso apasionado, pero Novella sintió como si una pequeña llama se encendiera en su interior.

—Supongo— dijo Vale un poco más tarde—, que será mejor que te cuente toda la historia desde el principio. Después podemos olvidarla y pensar sólo en nosotros.

—Sí, cuéntamela, por favor, hazlo. Estoy completamente confundida desde que irrumpiste en el vestíbulo de casa y me pediste que te salvara la vida.

Vale se rió.

—Debió resultarte bastante extraño, lo admito.

—Me aterraba tanto la idea de que esos hombres te fueran a herir de nuevo.

Al recordar el temor que había sufrido durante toda la velada, escondió su rostro en el hombro de Vale.

Vale la abrazó con fuerza y dijo:

—Ahora comenzaré el relato de nuestro Cuento de Hadas, que tiene un final muy feliz.

—Es lo que deseo oír— susurró Novella.

—Cuando regresaste de Londres y me dijiste lo que el Primer Ministro y el Vizconde Palmerston te habían pedido, comprendí que estabas en peligro, que podrías sufrir algún daño. Sin duda ibas a ser objeto de las atenciones de Lord Grimston, e incluso te hubiera eliminado si llegaba a sospechar de ti.

Le apretó el abrazo mientras decía:

—Cuando te vi en los brazos de ese hombre, ¡tuvo suerte de que no lo matara allí mismo!

La ferocidad que notó en la voz de Vale le resultó a Novella muy excitante. Entonces él continuó:

—Como era lo que yo me temía, escribí al Vizconde y le dije lo que deseaba.

—¿Le escribiste?— preguntó ella—. ¿Cómo lo hiciste?

—Tal vez te sorprenda, pero la verdad es que escribí una carta normal y corriente y la envié por correo.

—Jamás habría pensado que hicieras algo así, después de enviarme hasta Londres para que le diera la nota en clave.

—Eso era muy diferente— dijo Vale—, ya que era de máxima importancia que la recibieran en el Ministerio de Guerra lo más pronto posible.

Suspiró.

—Yo me había retrasado buscando un bote de contrabandistas que me trajera a Inglaterra y todavía más al ser capturado por los hombres de Lord Grimston y resultar herido al escapar de ellos.

—No puedo soportar... la idea de que podrían haberte matado— dijo Novella en voz baja.

—Estoy bien vivo, amor mío— dijo Vale con tono de satisfacción.

Le besó de nuevo la frente antes de continuar:

—En mi carta pedía al Vizconde un hombre hábil para leer mensajes en Código Morse con luz de velas, para que estuviera todas las noches en tu bosque después de oscurecer.

Novella estaba asombrada.

—¿Para qué... lo querías?

—Porque sabía que en cuanto Lord Grimston decidiera que yo estaba muerto o demasiado enfermo para denunciarlo como contrabandista, te invitaría a cenar.

-Comprendo lo que pensaste, pero, ¿por qué un hombre que leyera Código Morse?

—Para decirle la fecha en cuanto tú supieras cuándo ibas a cenar con ese demonio para así poner en marcha mi plan para rescatarte.

—Te refieres al bote en el que has aparecido de forma tan inesperada?— dijo titubeante Novella.

—¡Exacto!

—¿Pero cómo has podido hacer algo tan arriesgado? ¡Si ellos se hubieran dado cuenta de quién eras... te habrían matado!

El tono horrorizado de su voz le pareció a Vale muy conmovedor.

—Nada era demasiado arriesgado si se trataba de ti— dijo con voz tranquila—, y sabía que así conseguiría también la información que el Vizconde necesitaba.

—¿Suponías que los hombres que iban a cenar con él eran los que formaban parte de su *banda*?

—Me pareció muy probable— respondió Vale—, si cenaban con Lord Grimston se llevarían a casa parte del contrabando, mientras que el resto quedaría en la caverna para que lo recogieran quienes lo tuvieran que llevar a Londres para venderlo.

—¿Cómo puedes ser tan inteligente?— exclamó ella.

—Porque se trataba de tu seguridad, ¡ha sido la misión más importante que jamás he emprendido, y tenía que ganarla!

Novella lanzó un pequeño murmullo y oprimió su mejilla contra el hombro de él.

—Tenía razón— dijo él—, porque cuando los hombres me condujeron esta noche al interior de la caverna, encontramos una gran cantidad de mercancía que acababa de llegar de Francia. Mientras yo entraba a la casa a rescatarte, mis hombres cambiaron esas cajas por las que llevábamos con nosotros.

—¿Y qué contenían las de ustedes?— preguntó Novella.

—¡Piedras!— respondió Vale con una sonrisa. Ella se rió y él continuó:

—Cuando cambiaron los paquetes, entre Tom y los otros hombres de mi bote, se apoderaron de los sirvientes de Grimston. Los ataron para que no pudieran escapar y los ocultaron en otra caverna, donde los encontrarán los soldados.

—¿Cómo has podido pensar en todos los detalles?— preguntó Novella con un tono de profunda admiración.

—Tuve tiempo de sobra mientras no estabas conmigo y fue tan abrumador, que espero que no me vuelva a ocurrir.

—Ahora estás a salvo... completa y absolutamente a salvo.

—Sólo si tú me cuidas y te haces cargo de mí y, por supuesto me escondes cuando tenga que ocultarme, aun cuando, como te dije un día, no tengo pasadizos secretos en mi casa.

Novella levantó la mirada hacia él.

—¿Es ahí a donde vamos, a tu casa?

—Está a mitad del camino entre Wentmore Hall y Londres y aun cuando es muy diferente de tu casa, espero que te guste.

—Por supuesto que me gustará, pero todavía estoy preocupada por Mamá.

~ 147 ~

—Te aseguro que logré contarle todo lo que tenía que hacer de forma que sonara muy sencillo y le dije que, aunque te llevaba a mi casa, estarías correctamente acompañada por mi abuela, quien será tu dama de compañía, ya que desde que salí al extranjero vive en mi casa para cuidarla.

Hizo una pausa y después continuó.

—También sugerí a tu madre algo que creo que aprobarás.

—¿Qué... es?

—Cuando le conté a dónde iba y lo importante que era, Nanny y la señorita Graham estaban con ella. También comenté que cuando fusilen a Lord Grimston, o lo encarcelen de por vida en la Torre de Londres por traidor, quedará disponible su casa.

Novella se preguntó qué importancia tendría aquello.

—Es una Casa muy grande— continuó Vale— y debemos estar agradecidos de que, según tengo entendido, no tenga herederos. Así que, la Corona puede confiscarla.

Novella estaba intrigada, pero no habló y él prosiguió:

-Por lo tanto, tengo la intención de sugerir al Vizconde Palmerston que se convierta en un hospital para los heridos del Ejército de Wellington, que pronto estará en Francia.

—¡Un hospital!— exclamó Novella.

—Me temo que habrá muchos hombres que lo necesiten y le sugerí a tu madre que lo atendiera y supervisara todo ella, por supuesto, con la ayuda de la señorita Graham y de Nanny.

Novella lanzó una exclamación.

—¡No puedo... creerlo! ¡Pero es... una idea maravillosa! Estoy segura de que es algo que a mamá le encantara hacer.

—Accedió enseguida— dijo Vale—, y creo que cuando tu padre regrese, que espero que sea el año próximo a más tardar, la encontrará restablecida y con el mismo aspecto que cuando partió.

Novella rodeó el cuello de Vale con sus brazos.

—¿Cómo puedes... ser tan... inteligente y tan... brillante como para pensar en algo que no sólo ayudará a muchos hombres, sino que también ayudará a mamá y la hará ponerse bien de nuevo? ¡Oh, gracias... gracias, eres... maravilloso!

Vale la besó.

Entonces ella se dio cuenta de que los caballos reducían el paso.

—¡Hemos llegado a casa!— dijo él con tono suave—. Ahora, mi amor, te juro que ambos estamos completamente a salvo. Te contaré el resto de la historia adentro.

El carruaje se detuvo y a través de la ventanilla, Novella pudo ver una escalinata con una alfombra roja.

Unos lacayos de elegante librea bajaron para abrir la puerta del vehículo. Vale bajó primero y después ayudó a Novella a hacerlo.

Cogidos de la mano subieron la escalinata, flanqueada a ambos lados por un emblema heráldico de piedra. Novella lanzó sólo una rápida mirada a la casa. Pero notó que era muy grande y que la luna resplandecía en lo que le parecieron cientos de ventanas.

Entonces se encontró en un magnífico vestíbulo del que arrancaba una bella escalera con la barandilla de cristal y oro.

Un viejo mayordomo de cabello blanco se inclinó ante Vale.

—¡Bienvenido a casa, Su Señoría!— dijo.

—Ha sido una larga ausencia, Watson— respondió Vale—, pero es delicioso estar de vuelta.

—Hay champán y bocaditos en el salón, Señoría. La señora ya subió a acostarse, sabe que usted lo entendería.

—Sí, por supuesto. No tenía idea de a qué hora llegaría y habría sido demasiado pedirle que nos esperara despierta.

Mientras hablaban, el mayordomo avanzaba delante de ellos hacia la puerta de una habitación que había en el otro extremo del vestíbulo. Asombrada por cuanto sucedía, Novella se aferraba con fuerza a la mano de Vale.

Él la condujo a una hermosa habitación, una de las más atractivas que jamás hubiera visto. Grandes candelabros brillaban con las velas encendidas. También reconoció que la chimenea y el mobiliario dorado eran ejemplares perfectos del trabajo de los hermanos Adam.

Su madre siempre decía que después del estilo Isabelino de su casa, nada admiraba más que la Arquitectura Paladina del siglo anterior.

Vale se acercó a una mesa que había en una esquina de la habitación. Novella vio que en ella había una botella de champán dentro de una hielera.

Él sirvió dos copas.

Mientras entregaba una a Novella, el mayordomo, después de asegurarse de que tuvieran todo lo que podían necesitar, salió de la habitación.

—Ahora, amor mío, podemos brindar por nuestra felicidad.

—¿Ésta es tu casa? Y el mayordomo te ha llamado Señoría.

—Ahora al fin puedo decirte la verdad. Soy el Conde de Harchester y mi abuela materna, que es tu dama de compañía, es la Duquesa viuda de Longleta.

Novella lanzó una exclamación ahogada.

—¡Entonces eres muy importante!— exclamó—. ¡Y esta casa me parece enorme!

—Quisiera que la adoraras tanto como yo y ahora, mi amor, al fin, y me parece haber esperado mucho tiempo, puedo pedirte que te cases conmigo.

Novella lo miró.

Con suavidad, él le quitó la copa de la mano y la dejó sobre la mesa.

Entonces la abrazó.

—No puedo decirte lo frustrante que ha sido verte día tras día y no poder decirte lo mucho que te amo y con qué desesperación deseaba besarte.

No esperó su respuesta, la besó como lo había hecho antes. No con ternura, sino exigente y posesivo, hasta que el beso se volvió apasionado.

Era como si, de nuevo, arrastrara a Novella al cielo. Sólo cuando la soltó, ella logró decir, un tanto incoherente:

—¿De verdad... me pides... que me case... contigo?

—Tengo toda la intención de casarme contigo porque, sencillamente, amor mío, no puedo vivir sin ti. Deseo que me protejas, que me cuides y que conviertas esta casa, en un Palacio de felicidad!

Sonrió antes de añadir, haciéndola levantar el rostro hacia él.

—Te he contado mi historia y debe terminar con *«y vivieron felices para siempre»*.

El rostro de Novella estaba radiante.

Entonces, de pronto, para sorpresa de Vale, ocultó el rostro en su cuello, mientras decía:

—Te amo..., sabes que te amo..., pero creo que no puedo casarme contigo.

Sintió que él se ponía rígido.

—¿Por qué no? ¿Qué quieres decir? ¿Cómo puedes haberme besado así y, sin embargo, decir que no quieres casarte conmigo?

—Te amo con todo mi corazón y toda mi alma —dijo Novella en tono patético—, pero si te fueras a otro viaje de esos tan peligrosos de nuevo... donde podrían matarte en cualquier momento... para luchar contra hombres como Lord Grimston... que desearan destruirte... creo que me moriría.

Ahogó un sollozo.

—Terminaría como mi madre... que se ha ido debilitando más y más pensando en los peligros que corre mi padre en el Ejército de Wellington.

Vale percibió la agonía de su voz.

—Mi amor, mi dulzura, ¿crees que te haría sufrir de tal forma?

La apretó entre sus brazos mientras añadía:

—Te diré algo que quizá te debiera haber dicho antes de pedirte que fueras mi esposa.

—¿Qué... es?

La sintió temblar entre sus brazos y comprendió que era porque su amor por él era tan intenso que la atormentaba el temor de pensar qué haría cada vez que estuviera fuera de su vista.

—Lo que tengo que decirte es que en la carta que el Vizconde me envió para confirmar que se haría todo lo que le había solicitado, añadió algo más.

—¿Qué era?

—Decía que ahora soy un hombre marcado, por lo que no podría volver a mis misiones secretas en el futuro. Pero que mi conocimiento y experiencia serían muy valiosos, así que me ofreció un puesto en el Ministerio de Guerra.

Cuando Novella levantó su vista, él vio que tenía estrellas en los ojos. Pensó que jamás hala visto una mujer más bella, ni más enamorada.

—¿Lo dices en serio? ¿Entonces trabajarás en Londres?

—¡Estaré en Londres... contigo! Así que ahora, mi amor, no tienes excusas para no ser mi esposa.

—Oh, Vale, si estás en Londres no temeré tanto por ti, pero debes jurarme que serás muy, muy cuidadoso hasta que la Guerra termine. Siempre tendré miedo de que pudiera sucederte algo.

—No sucederá nada, excepto que estaré casado con la mujer más dulce y adorable del mundo.

La acercó un poco más a él y preguntó:

—Ahora, responde a mi pregunta, ¿cuándo te casarás conmigo?

—¡Ahora! ¡Enseguida!— exclamó Novella—. ¡En este mismo instante! ¡Oh, Vale... Vale, te amo...te amo! Y sé... que seremos muy... muy felices.

—¡Loca, completa y perfectamente felices!— dijo Vale—. Nos casará, mi amor, mi Capellán privado en cuanto pueda conseguir una licencia especial.

Vio un brillo de titubeo en los ojos de Novella y añadió:

—Le dije a tu madre antes de salir que enviaría un carruaje a recogerla y, por supuesto, a Nanny y a la señorita Graham.

—¿Y... accedió?

—Antes de que yo me retirara, ya estaba eligiendo el vestido que se iba a poner— dijo Vale con voz divertida.

—¡No... no... lo creo! ¡No sólo eres muy... muy inteligente... eres, sin duda, un mago! Para mí, eres el Arcángel Miguel, que bajó del cielo para salvarme cuando pensaba que estaba completamente perdida!

Vale se rió.

Entonces sus labios descendieron sobre los de ella. Mientras abrazaba con fuerza a Novella, comprendió que el último obstáculo había sido derribado.

Había triunfado después de una larga y complicada campaña. Sabía, desde que comenzó a planearlo todo con sumo cuidado, que si daba un paso en falso, si tenía un pequeño desliz, ¡provocaría un desastre! Pero por la misericordia de Dios, sin embargo, había triunfado.

Había sido lo bastante afortunado para encontrar a la única mujer en el mundo que habría deseado que fuera su esposa.

—¡Te amo, Novella!— dijo—. Te amo tanto que no hay palabras para expresar lo que siento por ti. Tal vez me lleve cien años decirte de forma adecuada cuánto te amo!

—Y yo también te amo !— susurró Novella—. Eres tan maravilloso|! tan extraordinario y tan inteligente... A la vez, tan bondadoso y comprensivo... ¡Oh, Vale...Vale... qué afortunados somos!

—Hemos sido bendecidos. El bien ha triunfado sobre el mal. Eso, adorada mía, es lo que debemos buscar durante toda nuestra vida para nuestro hogar y para nuestra patria.

Lo dijo en tono solemne, lo que hizo que Novella lo mirara con los ojos muy abiertos.

—Estoy segura de que ningún otro hombre habría dicho eso y es una de las razones por las que te amo tanto. Oh, Vale rezaré y rezaré por no perderte jamás!

—Yo sé que tus oraciones recibirán respuesta— dijo Vale.

Después la besó de nuevo.

Ambos percibieron una luz que los rodeaba y que no era de este mundo. Era una luz que no sólo provenía del Cielo, sino también de sus corazones. Los había conducido a través de todos los peligros hasta dejarlos juntos y a salvo.

Era el amor, el amor que los había protegido. El amor que no era sólo humano, sino divino. Era el amor que proviene de Dios y que continúa durante toda la Eternidad...